huashuo
xiaoshuo shige

本书编写组◎编

本书是《中华文明》系列之一，该系列全景式图文并茂的记录了中国文明历史，并与考古密切相联，运用文字去追寻中华文明在历史长河中的灿烂之光，它可称为真正的"纸质博物馆"，全书文字、图片彼此相当，将中华民族在人类历史上缔造的最光辉绚丽的文明呈现在读者面前。

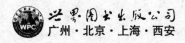

世界图书出版公司
广州·北京·上海·西安

图书在版编目（CIP）数据

话说小说诗歌／《话说小说诗歌》编写组编．—广
州：广东世界图书出版公司，2011．1（2024.2 重印）
ISBN 978 - 7 - 5100 - 3207 - 3

Ⅰ．①话… Ⅱ．①话… Ⅲ．①小说史 - 中国②诗歌史
- 中国 Ⅳ．①I207．409②I207．209

中国版本图书馆 CIP 数据核字（2011）第 007966 号

书　　名	话说小说诗歌	
	HUA SHUO XIAO SHUO SHI GE	
编　　者	《话说小说诗歌》编写组	
责任编辑	王　红	
装帧设计	三棵树设计工作组	
出版发行	世界图书出版有限公司　世界图书出版广东有限公司	
地　　址	广州市海珠区新港西路大江冲 25 号	
邮　　编	510300	
电　　话	020-84452179	
网　　址	http://www.gdst.com.cn	
邮　　箱	wpc_gdst@163.com	
经　　销	新华书店	
印　　刷	唐山富达印务有限公司	
开　　本	787mm×1092mm　1/16	
印　　张	13	
字　　数	160 千字	
版　　次	2011 年 1 月第 1 版　2024 年 2 月第 4 次印刷	
国际书号	ISBN　978-7-5100-3207-3	
定　　价	59.80 元	

前　言

　　小说是以刻画人物为中心，通过完整的故事情节和具体的环境描写来反映社会生活的一种文学体裁。小说有三个要素：人物、故事情节、环境（自然环境和社会环境）。小说反映社会生活的主要手段是塑造人物形象。小说是世界上最古老、最基本的文学形式。

　　诗歌是以抒情的方式，高度凝练，集中地反映社会生活的一种文学体裁。它用丰富的想象，富有节奏感、韵律美的语言和分行排列的形式来抒发思想情感。诗歌是有节奏、有韵律并富有感情色彩的一种语言艺术形式，也是世界上最古老、最基本的文学形式。

　　本书通过小说历代发展以及小说构成要素、表现手法让我们看清小说逐渐完善的过程以及小说的发展情况；也通过对历代诗歌概况、诗歌基本分类、诗歌特点以及写作手法等的具体介绍让我们了解诗歌的发展历程以及鉴赏诗歌的一些基本方法。

　　真诚希望青少年朋友能够从本书中认识和了解小说、诗歌，为写作小说、诗歌奠定良好的基础，在以后的学习中更加有效地赏析小说、诗歌。

目　录

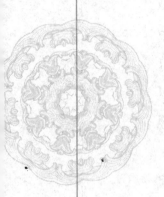

第一章 小说概况

第一节　小说的起源及发展

◆ "小说"一词的来源

小说是以刻画人物为中心，通过完整的故事情节和具体的环境描写来反映社会生活的一种文学体裁。

中国文学最早以诗歌的形式流传于世，后发展为散文。相对于此，小说处于极其边缘的位置。

我国古代小说源远流长，神话传说、寓言故事、诸子散文、历史典籍中，都不同程度地包含有小说因素。小说的概念经历了一个不断深化的过程。"小说"一词，最早见于《庄子》杂篇《外物》："饰小说以干县令，其于大达亦远矣"（干，追求；县令，美好的名声。）是说靠修饰琐屑的言论以求高名美誉，那和玄妙的大道相比，可就差得远了。这里的"小说"仅指"琐屑之言，非道术所在"。《汉书·艺文志》里对小说的描述："小说家者流，盖出于稗官，街谈巷语，道听途说者之所造也。"这就把小说等同于"街谈巷语"。因此，可以看出"琐屑之言"、"街谈巷语"、"浅识小道"，正是小说之为小说的本来含义。

桓谭在其所著《新论》中，对小说如是说："若其小说家，合丛残小语，近取譬论，以作短书，治身理家有可观之辞。"仍然认为小说是"治身理家"的短书，没有什么为政化民的"大道"。班固也认为小说是"街谈巷语、道听涂（同'途'）说者之所造"，可见当时的文人虽然认为小说有些小知、小道，但更多的是把它作为吸引市井之流的故事。

直到清末民初，维新派梁启超等大力倡导"小说界革命"，小说理论一改往日的面目，焕然一新。小说地位空前提高，乃至被奉为"国民之魂"、"正史之根"、"文学之最上乘"，再不是无足轻重的"街谈巷语"、"琐屑之言"。

❖ 小说的起源

小说这种文学体裁在古代一直被视为不登大雅之堂的东西，用来指那些琐屑的言谈、无关政教的小道理。

东汉班固据《七略》撰《汉书·艺文志》，把小说家列于诸子略十家的最后。这是小说见于史家著录的开始。诸子略共4324篇，小说占1380篇，是篇数最多的一家。班固《汉书·艺文志》说："小说家者流，盖出于稗官。街谈巷语，道听途说者之所造也。孔子曰：'虽小道必有可观焉，致远恐泥，是以君子弗为也。'然亦弗灭也。闾里小知者之所及，亦使缀而不忘。如或一言可采，此亦刍荛狂夫之议也。"对小说作了权威性的解释和评价。他认为小说本是街谈巷语，由小说家采集记录，成为一家之言，虽是小道，但尚有可取之处。这段文字从另一角度明确肯定了小说来源于民间，根植于生活。

既然小说根植于生活，对于小说的起源，我们可以从哪几个方面探讨呢？

由对"小说"一词的解释，我们了解到小说的本来含义，是琐屑浅薄的言论与小道理之意。小说的创作也只是为了吸引市民而讲出来的故事而已。也可以说，小说是传达思想和表达感情的另一种形式。

首先，我们来看看神话传说。神话是人类最早的幻想性口头散文作品，是人类童年时期的产物，是文学的先河。神话是在远古时代生产力水平低下的情况下，人们为争取生存、提高生产能力而产生的认识自然、想要支配自然的基础上产生的。

人类最早的故事往往是从神话传说开始的。尽管古代文献对神话传说的记载十分简略，我们仍然可以从中看到故事情节和人物性格这两种重要的小说因素。后来的志怪小说、传奇小说以及《西游记》、《封神演义》等长篇小说都与神话传说有明显的继承关系。后世小说吸收神话传说中的素材加以演化，这种情况也相当普遍。

神话传说原先在口头流传，有的被采入正史，逐渐凝固；有的继续在民间流传并不断丰富发展，分化出一些新的神和英雄，增添新的故事情节。这些故事在人们口头上传说，被记录下来，就成为了具有浓厚小说意味的逸史。

从神话传说到小说的这根链条中，逸史是关键的一环，甚至不妨说逸史是中国小说直接的源头。逸史中有许多最接近小说的或可被视为早期小说的故事，其中《穆天子传》和《燕丹子》已经具备了作为小说这一体裁的要素。前者对周穆王周游天下之事多有细节描写，其中刻画的西王母与《山海经》中对西王母的叙述，减少了神性增加了人性。后者写燕太子丹派荆轲刺杀秦王，与《战国策》和《史记》相比，不仅增加了细节描写而且重点突出了燕丹这个复仇者的形象。明代胡应麟称《燕丹子》为"古今小说杂传之祖"（《四部正讹》），很有见地。

其次是寓言故事。寓言早在我国春秋战国时代就已经盛行，是民间的口头创作。在先秦诸子百家的著作中，经常采用寓言阐明道理，保存了许多当时流行的优秀寓言，如：《亡铁》、《攘鸡》、《揠苗助长》、《自相矛盾》、《郑人买履》、《守株待兔》、《刻舟求剑》、《画蛇添足》等，其中《庄子》与《韩非子》收录最多。在这些寓言故事中有不少性格鲜明的人物出现，或者对一种事物进行细致的描写刻画，已经带有小说的意味。而且《韩非子》中的《内储说》、《外储说》、《说林》，明白地用"说"来标目，也透露出两者之间的关系。显然，寓言故事可以看作小说的源头之一。

第三是史传。史传文学是以历史事件为题材，重在描写历史人物形象的文学作品。《左传》、《战国策》、《史记》、《三国志》中都有重点描写人物性格、叙述故事情节的文章，或为小说提供了素材，或为小说积累叙事的经验。唐代传奇小说多取人物传记的形式，《三国演义》径直标明是史传的演义，都证明了史传是小说的一个源头。在传统的目录学著作中，有些书可以归入子部小说家类，也可以归入史部杂传类，这两类缺少严格的区别，也从一个侧面说明史传与小说之间的广泛交集。

❖ 小说的发展

我国古代小说源远流长，孕育于先秦时期的远古神话。从上古到先秦两汉，是我国古代小说的酝酿和萌生时期。主要是先秦的"神话"、"寓言"，如《精卫填海》、《夸父逐日》、《女娲补天》等。

小说初具规模是在魏晋南北朝时代，其标志是小说由写事为主转向写人及对其性格特征刻画为主，从而确定了人在小说中的主体地位。主要有志怪和志人两类，前者以写神灵鬼怪及其妖异怪诞之事为主，代表作是晋代干宝的《搜神记》；后者以记载人物的琐闻逸事为主，代表作是南朝刘义庆的《世说新语》。

经历了汉魏六朝杂史、志怪志人小说成长后的唐代是小说创作的成熟期，标志是唐代传奇的出现与繁荣。唐传奇的内容丰富、题材多样、人物刻画鲜明、故事完整、文笔生动，这些是六朝小说无可比拟的。在这一时期还涌现出一系列优秀的传奇小说家及其代表作，如陈鸿的《长恨歌传》、沈既济的《枕中记》、李公佐的《南柯太守传》、李朝威的《柳毅传》、白行简的《李娃传》、蒋防的《霍小玉传》、元稹的《莺莺传》、杜光庭的《虬髯客传》等。内容以言情为主，搜奇记逸，文字婉转华艳，代表着早期文言小说艺术的最高成就。

宋代出现的话本小说，是民间说书人讲史或演说的底本，直接取材于现实生活，表达市民心声。话本的出现是小说史上一大变迁，它对中国古代小说的发展产生了极为深远的影响，代表作有《三国志平话》、《碾玉观音》、《快嘴李翠莲记》、《错斩崔宁》等，也是脍炙人口的佳作。

明代掀起了文人模仿话本风格而改编创作"拟话本"的高潮，"三言"、"二拍"、"一型"为其代表，是古代白话小说创作的第一个高峰。"三言"即由冯梦龙选编加工而成的三部短篇小说集——《喻世明言》、《警世通言》、《醒世恒言》，融入现实主义精神，并且采用白话短篇的形式，继承和革新了民间文学，直接推动了拟话本的繁荣，其中《杜十娘怒沉百宝箱》最具代表性；"二拍"即凌蒙初的《初刻拍案惊奇》和《二刻拍案惊奇》，它比"三言"更注意求奇求巧，并且强调自身的创作主体意识；"一型"即陆人龙的

《型世言》，它不再是改编作品，而是变为了独创，开始重视小说的议论和教化作用。

我国古代小说在明清章回体白话长篇小说和文言短篇小说的全面丰收与总结中达到高峰。白话长篇小说主要包括元末明初罗贯中的《三国演义》，是第一部白话长篇历史小说，是章回小说的开山之作；施耐庵的《水浒传》，是第一部以农民起义为题材的白话长篇小说，开小说英雄传奇之先河；明代兰陵笑笑生的《金瓶梅》，打开文人独立创作白话小说的先河，促进了世情小说的成熟与繁荣；吴承恩的《西游记》，是第一部长篇神魔小说，是浪漫主义白话长篇小说的杰出代表；清代吴敬梓的《儒林外史》，是中国讽刺文学的集大成之作；曹雪芹的《红楼梦》，是中国人情小说的集大成者，是古代白话小说的高峰与总结，代表着白话小说的最高成就；清代蒲松龄的《聊斋志异》是一部文言短篇小说集，代表着文言小说的最高成就，将我国古代文言小说推向了一个高峰。

第二节 小说的分类

小说体系异常庞大，由于出发点和角度的不同，小说的类别也有所不同。

◆ 按篇幅分类

在现代小说批评和小说理论中，这是最流行和最基本的分类，可分为长篇、中篇、短篇、微型小说四类。

长篇小说

字数在八万字以上的小说被划归为长篇小说。此类小说篇幅长、容量大、情节复杂、人物众多，适于表现广阔的社会生活和人物的成长历程，并能反映某一时代的重大事件和历史面貌。在篇章结构上，一般根据故事情节的发展，分成许多章、节；篇幅特别长的，还可以分为若干卷或部、集等。

中篇小说

平均字数二至八万字的小说，一般认为是中篇小说。这类小说篇幅和容量介于长篇小说和短篇小说之间，通常只是截取主人公一个时期或某一段生活的典型事件塑造形象，反映社会生活的某个方面，故事情节完整，线索比较单一，矛盾斗争不如长篇小说复杂，人物较少。

短篇小说

平均篇幅在二万字左右或二万字以下的小说被划归为短篇小说。这类小说表现为篇幅短小、情节简洁、人物集中。它往往选取和描绘富有典型意义的生活片断，着力刻画主要人物的性格特征，反映生活的某一侧面，使读者"借一斑略知全豹"。

微型小说

微型小说又名小小说、超短篇小说、一分钟小说。过去把它作为短篇小说的一个品种而存在，在后来的发展中逐渐成为了一种独立的文学样式，其性质被界定为"介于边缘短篇小说和散文之间的一种边缘性的现代新兴文学体裁"。一般认为小小说的篇幅在两千字以下，其题材常常是生活经验的某一个片段。

❖ 按写作人称分类

第一人称

用第一人称的形式写成的小说，是一种直接表达的方式，不论作者是否真的是作品中的人物，所叙述的故事都像是作者亲身经历或者是亲眼看到、亲耳听到的事情。

第二人称

用第二人称"你"的形式写成的小说。

第三人称

用第三人称的形式写成的小说。

书信体小说

用书信的形式写成的小说，即以书信形式为基本表达途径和结构格局的小说。

日记体小说

以日记形式作为基本结构写成的小说，在叙述方式上多采用第一人称，以日记主人公所见、所闻、所感的方式叙述事件、展开情节、刻画人物。

❖ 按流派分类

古典主义小说

按照古典主义的创作原则和方法创作的小说作品。

古典主义推崇理性，强调明晰、对称、节制、优雅，追求艺术形式的完美与和谐。

古典主义文学在创作方法上运用现实主义手法，深刻细致地刻画人物。

现实主义小说

按照现实主义的创作原则和方法创作的小说作品。

它由人物、情节、环境、语言构成，深入细致地刻画人物性格，使人物性格既具有鲜明的主体性又具有丰富性，真实地表现人物命运的发展轨迹。

现实主义小说的故事情节完整,包括:序幕——发生——发展——高潮——结局——尾声。

浪漫主义小说

按照浪漫主义的创作原则和方法而创作出的小说作品。

浪漫主义在本质上是理想主义,它的基本特征就在于从客观现实所抽出的意义上,加上依据假想的逻辑加以推测、所愿望的、可能的东西,并以此使形象更为丰满。

浪漫主义小说在人物形象塑造上,要求通过理想的生活画面刻画理想世界中的理想人物;在艺术表达方法上,往往采取幻想、想象等形式,构成离奇的情节,使作品具有强烈的抒情性质和浓重的神话色彩。

形式主义小说

按照形式主义的创作原则和方法而创作出的小说作品。

形式主义小说片面地注重形式与技巧,而不强调题材。

形式主义的主要特征是脱离现实生活,作品的内容空虚,表现形式怪诞、离奇。它强调审美活动的独立性和艺术形式的绝对化,认为不是内容决定形式,而是形式决定内容,否定内容的意义,割裂形式与内容、艺术与现实的联系。

表现主义小说

按照表现主义的创作原则和方法而创作出的小说作品。

表现主义小说具有浓郁深厚的象征意蕴,表现抽象化倾向,通过主观幻觉、梦境和错觉,以及扭曲变形等手法来表现生活。

存在主义小说

按照存在主义的创作原则和方法而创作出的小说作品。

存在主义小说把自我意识看作存在的核心，将自我与外部世界置于敌对状态；在艺术上否定传统小说的写法，要求只将生活中的存在原本的表达，自由的处理时间和空间，多为跳跃的不连贯的画面。

黑色幽默

一种哭笑不得的幽默，悲剧内容和喜剧形式交织混杂，表现出世界的荒诞、社会对人的异化、理性原则破灭后的惶惑、自我挣扎的徒劳。

"黑色幽默"的小说家突出描写人物周围世界的荒谬和社会对个人的压迫，以一种无可奈何的嘲讽态度表现环境和个人（即"自我"）之间的不协调，并把这种不协调的现象放大、扭曲，使其显得更加荒诞不经，滑稽可笑，同时又令人感到沉重和苦闷。

"黑色幽默"的作品往往塑造一些乖僻的"反英雄"人物，借他们的可笑言行影射社会现实，表达作家对社会问题的观点。

新小说派

把人作为世界的中心，一切从人出发，使事物从属于人，由人赋予事物意义，使客观世界的一切都带上人的主观感情的色彩。

新小说派反对传统的小说创作方法，主张作者退出小说，摆脱作家的道德观念和思想感情，打破传统小说对时空结构和叙述顺序的限制，采用意识流、虚实交错、时空颠倒等手法，对物的世界进行纯客观的描绘。

魔幻现实主义小说

把现实与幻景融为一体而创作出的小说作品。

魔幻现实主义小说作家，执意于把现实投放到虚幻的环境和气氛中，以客观、详尽的描绘，使现实披上一层光怪陆离的魔幻的外衣，既在作品中坚持反映社会现实生活的原则，又插入许多神奇、怪诞的幻景，使整个画面呈现出似真非真、似假非假、虚虚实实、真假难辨的风格。

❖ 按题材分类

根据小说作品内容和塑造形象的主要途径，主要分为武侠小说、推理小说、历史小说、言情小说、科幻小说、奇幻小说、游戏小说、玄幻小说、探险小说、恐怖小说、冶艳小说、讽刺小说、神怪小说、架空历史小说等。

还有一些其他分类方法，比如按载体分类，分为平面小说和电子小说；按年代分类，分为古代小说、现代小说和后现代小说；按进程分类，分为连载小说和全本小说。

第二章　小说的构成要素

小说的构成要素是指构成小说这种文学形式并显示其基本特征的主要因素。在小说理论中，构成小说形象的因素主要分为两类：一是小说的内容因素，包括小说的素材、题材、主题、人物、环境、情节等；一是小说的形式要素，包括小说的语言、结构、体裁、表现技巧等。在通常情况下，人们把最能显示小说独特性的人物、情节、环境称为"小说三要素"。

第一节　小说的人物

小说反映社会生活的主要手段是塑造人物形象。小说中的人物，我们称为典型人物；这个人物是作者根据现实生活创作出来的，他不同于真人真事，往往"杂取种种，合成一个"。

小说通过典型的人物形象反映生活，具有代表性。

一个具有典型性人物描写的成功，可以树立起具体可感的艺术形象，并通过这个艺术形象反映一定的社会生活，表现一定的社会本质。

人物描写的手法是多种多样的，每个作者运用何种手法描写人物，都具有自己独特的创造性。古今中外许多优秀的小说作家，在人物描写方面所运用的手法，也可以作为我们的借鉴。下面谈谈有哪些描写手法是我们可以借鉴使用的。

❖ 肖像描写

肖像描写，又称外貌描写。它主要是指对人物的容貌、身材、姿态、风度、服饰、仪表、生理特征等的描写，肖像描写是人物形象描绘的一个重要方面，是塑造人物形象的重要手段。

成功的肖像描写，可以使读者想象出鲜明生动的人物形象，使读者仿佛看到人物的，并由表及里地想到人物的思想及其性格。果戈理曾表达说"外形是理解人物的钥匙"，老舍也认为"人物的外表要处，足以烘托出一个单独的人格"。由于人物的外貌往往与他的家庭成长、生活环境、个人经历、性格爱好、社会地位等有密切的关系，因此，成功的肖像描写，不仅能绘声绘色，使人物栩栩如生，而且还可以透过人物反映人物活动的时代特点，突出作品主题，引出故事情节，透露人物在特定场合下隐蔽的精神世界。

肖像描写的方法多种多样。它可以选择各个不同的观察角度，表现人物的性别、年龄、身份、职业、性格，以及生理特征等等。它可以出现一次就完成，也可以在行文过程中分多次逐步展开。作者既可以在不同场合反复描写人物肖像的某一特点，也可以在同一场合描写一个人物在肖像上的多方面特点，或者描写不同人物肖像的不同特征，形成对比，加强效果。对人物的肖像描写，可以作静态的摹写，也可以作动态的描绘；可以采用精雕细刻的工笔描写，也可以采用简笔勾勒的白描；可以从正面描写，也可以从侧面描写；还可以借助比喻、拟人、夸张等修辞手法进行形象性的描摹。

总之，肖像描写的方法，并无特定的规定。但是，还是有一些需要注意的东西。

第一，切忌"脸谱化"。社会是纷繁多样的，生活中的人物也是多姿多彩的，这就决定了文学作品中的肖像也不应该是单调划一的。如果作品中的人物是单一的、千人一面的，那就会失去人物的特色，失去了人物在作品中的意义和作用。

第二，切忌"平板化"，不能从头到脚，不分主次地描绘人物肖像。作者往往抓住最能表现人物性格特点、内心世界的外貌特征，或重点突出，或以点带面地进行描写，都不可不分轻重地一概而论，或者对某一没有意义的面貌特征进行描写，否则"倘若画了全副的头发，即使细得逼真，也毫无意思"。

第三，切忌"表面化"。外貌描写只是手段，塑造人物形象才是目的。对人物外貌的描写，应该尽量符合人物的身份，反映人物的经历，表现人物的思想感情，使肖像描写成为形象塑造的一个有机组成部分，进而起到深化主题的作用。

我们在描写外貌时也应该遵循一些规则，这样可以使人物形象更突出，加深读者对人物的印象。

1. 有序。描写时应按一定的顺序来写，或从上到下或从下到上都行。如果写了眼睛，接着写头发，又写嘴巴，再写眉毛，然后写鼻子，这样的描写不管写得多好，它给人的感觉都只能是一片混乱。

2. 和谐。一个人物的外貌要符合他的性别、国别、年龄、身份、职业。比如有人写一个小姑娘的眼睛：那清波微漾的眼睛顾盼生辉，望你一眼，便有万千风情。单看这样眼睛的确很美，可是如果所描绘的人物是一个小姑娘的话，恐怕就不太合适了。

3. 仔细研究人物性格。如果是描绘一位好动任性的孩子，可以从他灵动的双眼或者俏皮的眼神来重点突出；如果是一位文静、规矩的女孩，则可以从她柔顺的长发、淑女的装扮上来描绘。

4. 抓住关键、特征鲜明。这要求抓住最能揭示人物内心世界、反映时代特点或者能与其他人物区别的独有的外貌特征。鲁迅先生的小说《祝福》分几次刻画了主人公祥林嫂的眼睛——"只是顺着眼，不开一句口"，"顺着眼，眼角上带着泪痕，眼光也没有先前那样精神了"，"只有那眼睛间或一轮，还可以表示她是一个活物"，"眼睛窈陷下去，精神也更不济了"，这些描写精确地描绘了祥林嫂外貌最富特征的部分，舍弃了表现与祥林嫂性格和精神面貌无关的其他东西。

5. 用词准确、修辞恰当。可以用比喻、夸张、排比等修辞手法。例如巴尔扎克在《欧也妮·葛朗台》中对欧也妮·葛朗台的描绘：至于体格，他身高五尺，臃肿，横阔，腿肚子的圆周有一尺，多节的膝盖骨，宽大的肩膀；脸是圆的，乌油油的，有痘瘢；下巴笔直，嘴唇没有一点儿曲线，牙齿雪白；冷静的眼睛好像要吃人，是一般所谓的蛇眼；脑门上布满皱襕，一块块隆起的肉颇有些奥妙；青年人不知轻重，背后开葛朗台先生玩笑，把他黄黄而灰白的头发叫做金子里搀白银。鼻尖肥大，顶着一颗布满着血筋的肉瘤，一般人不无理由地说，这颗瘤里全是刁钻促狭的玩艺儿。这副脸相显出他那种阴险的狡猾，显出他有计划的诚实，显出他的自私自利。而且姿势、举动、走路的功架，他身上的一切都表示他只相信自己，这是生意上左右逢源养成的习惯。所以表面上虽然性情和易，很好对付，骨子里他却硬似铁石。

◆ 动作描写

通过语言文字描绘人物富有特征性的动作，用来表现人物的性格特征、个人品质、身份地位、生活状态等。

为什么要进行人物行动描写呢？这是因为人们的所作所为是其思想性格的直接表现。在文学作品中，对人物行动的描写是塑造人物的主要手段。人物的每一行动都是受其思想、性格制约的，因此，具体细致地描写某一人物在某一情况下所作出的反应——主要是动作反应，就势必显示出了这一人物的内心活动、处世态度、思想品质。成功的动作描写，可以交代人物的身份、地位，可以反映人物心理活动的进程，可以表现人物的性格特征，有时候还能推动情节的发展。正如茅盾说过的"人物的性格必须通过行动来表现"，"既然人物的行动（作品的情节）是表现人物性格的主要手段，那么，人物性格是不是典型的，也就要取决于这些行动有没有典型性。作者支使人物行动的时候，就要尽量剔除那些虽然生动、有趣，但并不能表现典型性格的情节"。

我们来看施耐庵是怎样塑造武松性格的。他安排了一回"景阳岗武松打虎"，整回突出武松的"打"，从"打"这一动作描写出了武松的英雄本色和他高强的武艺。施耐庵先写他防御、后进攻，又显示出了他的谋略与机智。正是通过对武松打虎的全过程的生动细致描写，表现出了武松这一人物形象勇猛、机智的性格特征。

刻画人物，方法多样，可是对动作描写的偏好，可以说是任何一个作家都不例外的。高尔基认为，写人物要多行动少说话。老舍曾说："描写人物最难的地方是使人物能立得起来。我们都知道利用职业、阶级、民族等特色，帮忙形成特有的人格。可是这些个东西并不一定能使人物活跃。反之，有的时候反因详细的介绍，而使人物死板、僵化。我们应记住，要描写一个人必须知道此人的一切，但不要作相面式的全写在一起；我们须随时用动作表现出他来。每一个动作中清楚的有力的表现出他一点来，他就越来越活泼，越来越实在。……这样，人物的感诉力才能深厚广大。"这就是说，只有成功地描写了人物的动作，才能使读者真切地感到作者笔下的是一个个栩栩如生的活人，人物的精神世界才能得以充分的展示，形象才能真正站立起来。当代心理学家也认为，人的内心是看不见摸不着的，只有动作才是真实可靠的。

人物动作表现人物性格，动作是透视人物心理的多棱镜。动作描写类型主要有两种，一种是单一动作描写，另一种是动作群描写。

单一动作描写

单一动作，主要重笔特写凸现人物个性的动作。

动作描写的范围很广，诸如日常生活中的动作，生产劳动时的动作，文娱体育中的动作，军事活动时的动作，多种多样。但无论描写何种动作，其目的都是为塑造人物形象、表现作品主题服务。动作细节，尤其是凝聚人物个性的细微动作，往往是个性化人物的特有标志，用来揭示人物复杂的性格特征和深邃的内心世界。因此，动作描写切忌漫不经心，信手拈来，为描写而描写。对动作的描写，要避免东鳞西爪，杂乱无章；要防止动作相仿，陈词滥调。

例如《欧也妮·葛朗台》中守财奴——葛朗台在弥留时的一个动作特写，神甫把镀金的十字架送到他唇边给他亲吻基督的圣像，为他做临终法事时，他竟做了一个骇人的姿势，想把金十字架抓到手里，这最后的努力送了他的命。这一"抓"，送了守财奴的老命，也使守财奴至死不改的贪婪本性得到充分的体现。

例如鲁迅《阿Q正传》中，阿Q在最后被"验明正身"前的一处精彩之笔：

"'我我不认得字。'阿Q一把抓住了笔，惶恐而且惭愧地说。

'那么，便宜你，画一个圆圈！'

阿 Q 要画圆圈了，那手捏着笔却只是抖。于是那人替他将纸铺在地上，阿 Q 伏下去，使尽了平生的力气画圆圈。他生怕被人笑话，立志要画得圆，但这可恶的笔不但很沉重，并且不听话，刚刚一抖一抖的几乎要合缝，却又向外一耸，画成瓜子模样了。"

死到临头了，他却在公堂上认真地画着圆圈，至此，一个缺乏文化教养而又愚昧不幸的阿 Q 跃然纸上。

再例如《荷花淀》中，水生嫂在得知水生"明天就要到大部队上去了"时，"女人的手指震动了一下，想是叫苇眉子划破了手。她把一个手指放在嘴里吮了一下"。用这一细微的动作表现出了她内心思想的颤动，写出了她舍不得丈夫离去的细微心态。

动作群描写

动作群为墨泼写人物性格。动作是无声的语言，是人物个性的符号。浓墨泼写人物一连串的动作，在动作群的刻画描写中可使人物形象站立起来。

在《欧也妮·葛朗台》中葛朗台抢夺女儿梳妆台后，"老家伙想掏出刀子撬一块金板下来，先把匣子往椅子上一放。欧也妮扑过去想抢回，可是箍桶匠的眼睛老盯着女儿跟梳妆匣，他手臂一摆，使劲一推，欧也妮便倒在母亲床上"。其中的"掏"、"放"、"盯"、"摆"、"推"等动词构成的动作群，深刻地揭示了葛朗台行动的内在动力——对金钱的强烈占有欲，从而将其嗜财如命的守财奴形象跃然纸上。

鲁迅在《药》中对刽子手康大叔的描写："老栓还踌躇着；黑的人便抢过灯笼，一把扯下纸罩，裹了馒头，塞与老栓；一手抓过洋钱，捏一捏，转身去了。嘴里哼着说，'这老东西……'"透过这段文字，读者似乎能够体味到双手沾着革命鲜血的刽子手攫取华老栓用辛劳积攒下来的洋钱时的贪婪和凶狠。

叶圣陶也采用此类描写方式，如《饭》中："他站得累了，想歇一歇，先在一把空椅子上吹了几口气，又郑重地揽起长褂的后幅，恐怕脏了皱了，然后慢慢地坐下来。"

由此可见，浓黑泼写的人物动作群，使人物在一系列动作中显露出独特的个性和内在的思想，进而使形象显得更加丰满、完整、立体化，给读者留下深刻印象。

描写动作是为刻画人物，刻画人物是为了表达中心。因此紧紧围绕文章的中心，仔细观察，精心选择，具体描写，就成了写好人物动作的关键。那么描写人物动作应当注意什么呢？

第一，要具体。描写人物的动作不能空洞、不能抽象。在《凡卡》中描写凡卡给爷爷写信时的动作就非常具体。"他想了一想，蘸一蘸墨水，写上地址：'乡下爷爷收'。然后他抓抓脑袋，再想一想，添上几个字。'康司坦丁·玛卡里奇'"这里的想、蘸、写、抓、添等一系列动作，把不会写信的凡卡渴望爷爷收到信，救他出火坑的复杂心理刻画得淋漓尽致。

第二，要抓住主要特征。在特定的环境下，人物的动作具有相应的特征。我们要仔细地观察，抓住这些特征。《彩色的翅膀》写守岛战士品尝海岛上结出的第一个西瓜时，是这样描写他们的动作的："战士们都笑着，用两个指头捏起一小片来，细细地端详着，轻轻地闻着，慢慢地咬着，不住发出'啧啧'的赞叹声。"这种具有特征的动作描写，把战士们喜悦、激动、自豪的心情充分表达了出来。

然后，要选择准确的动词，写出动作的连贯性。在《一夜的工作》描写周总理深夜审阅文件："他一句一句地审阅，看完一句就用铅笔在那一句后面画一个小圆圈。他不是普通的浏览，而是一边看一边思索，有时停笔想一想，有时还问我一两句。"这段动作描写中所选择的动词"审阅"、"画"、"看"、"思索"、"停"、"想"、"问"虽然都是很普通的字眼，却非常准确地表现了周总理认真、仔细、重视、谦恭的态度。

◆ 语言描写

语言描写是指文学作品中人物的对话或独白。

语言描写是塑造人物形象的重要手段。成功的语言描写总是鲜明地展示人物的性格，生动地表现人物的思想感情，深刻地反映人物的内心世界，使读者"如闻其声，如见其人"，获得深刻的印象。

如何进行人物的语言描写，使人物的语言成为人物形象塑造的一个有机组成部分呢？

伟大的文学家鲁迅在论述对人物进行语言描写的时候，有一句很著名的话："如果删掉了不必要之点，只摘出各人的有特色的谈话来，我想，就可以使别人从谈话里推见每个说话的人物"很值得我们体会和借鉴。一是"使别人从谈话里推见每个说话的人物"，所谓推出人物来，就是从人物的语言看出人物的性格来，看出人物的身份、地位、职业、年龄、文化层次等等。俗话说"三句话不离本行"。行话运用适当，人物的身份便自然而然得到了介绍。如"不多！不多！多乎哉，不多也！"这样半通不通、半文半白、酸溜溜的语言就是孔乙己的个性化语言，表现了他迂腐滑稽的个性；从李逵"招安！招安！招甚鸟安！"这短短的几句话中，我们也不难看出他粗鲁、耿直的性格和反抗精神。二是"只摘取各人有特色的话来"，鲁迅先生十分强调写人物语言时要删除不必要之点，只摘取各人有特色的话来。这就是说，我们不能简单地照搬生活中人物的语言，而要将生活中的人物语言进行提炼，使其典型化。人物语言要力求简洁，与主题无关的话，就没必要写出来了。因此，首先必须要对人物有全面深刻的了解，鲁迅先生说过："作家用对话表现人物的时候，恐怕在他心目中存在着这人物的模样的"，这可以说是真正的经验之谈。

其次，语言描写要能够表现人物的思想感情，反映人物的心理活动。语言是思想的直接体现，读者应该从人物独白中清楚地看到人物内心深处的真情实感，行为的动机，追求的目的，行将采取的措施等等。而人物之间的对话，则应该随着情节的开展逐步表现不同性格的人物不同的感情，显示人物之间的内心交流。它虽然不如独白那样直接、坦露，却同样应该使人感受到人物的情感的变化，触摸到人物的心灵深处。

再次，语言描写要性格化。要在描摹语态，叙写对话过程中表现出"这一个"的个性特征来。诸如阿 Q 的精神胜利、孔乙己的腐迂、周朴园的虚伪冷酷、觉新的委曲求全、虎妞的泼辣粗野、三仙姑的装神弄鬼、李双双的热情爽直等。做到从谈话中看见说话人的具体性格。

然后，语言描写还应用来预示和推动故事情节的发展，交代事情的来龙去脉，通过语言描写介绍环境或时代背景，也可借人物之口作议论以深化主题，使语言描写成为作品的有机组成部分。

我们进行人物语言描写的时候，应该注意哪些问题呢？

1. 人物的个性化的语言是在特定条件下形成的。这个特定条件是由人物的性别、生活环境、年龄、受教育程度、所从事的职业等诸多因素构成。因而写对话，离不开人物这些特定的条件，平时要注意仔细观察，认真倾听，写作时要通过区别比较来确定文章中不同人物的语言风格。总之，人物语言要突出人物的社会地位，人物间的社会关系，表现个性，切合身份、年龄、地位、职业、修养、经历和性格特征等，杜绝千人一口。

2. 个性化的语言不是无源之水，它是由"事"而生的。只有在具体事件中才能更好地表现人物的语言特点。因而要把人物放在事件中去刻画，要在事件中刻画人物个性化的语言；或者说人物的对话要有明确的中心，人物围绕中心进行对话；描写时要把握好人物说话的动机，使对话成为表现人物性格的手段。

3. 对话是人物语言的重要组成部分。人物之间的交谈形式多样，内容丰富，因而所表现的情绪、心态也各不相同。这些都受时间，场合，人的心境、情绪的影响，因此，描写人物语言须把握好特定的情境和人物间的关系，弄清时间、地点、条件和矛盾冲突，使人物的语言符合此时此刻的情绪和性格特征，并和具体的环境格调协调起来。

4. 描写人物对话须与人物的语气、表情、神态的刻画等其他描写手段紧密结合，这样才能使人物形象生动逼真。

5. 描写人物对话须简洁、精练、准确、生动，增加文章的感染力，吸引读者的注意力。

◆ 心理描写

即对人物在特定环境中的思想活动和内心世界进行的描写。描写人物的思想活动，能直接深入人物心灵，反映人物性格，展示人物的内心世界，表现人物丰富而复杂的思想感情。所以，心理描写也是刻画人物形象的重要手段之一。

作者塑造人物形象，可供运用的方法是很多的，其目的都是为了展示人物的精神世界和性格特征。心理描写的目的也是如此。跟肖像描写、语言描写等方法相比，心理描写能够直接抒发人物的七情六欲，揭示人物灵魂深处的奥秘，把单靠外部形象难以表现的内心感受揭示出来，使文学作品中的人物形象立体化，从而显得更为完整和真实。

法国作家雨果说过："有一种比海更大的景象，是天空；还有一种比天空更大的景象，那就是人的内心世界。"是啊，人的内心丰富多彩、复杂多变，这也就决定了在文学创作中，对人物心理进行描写时表现形式的多样性。常见的有以下几种：

内心独白

直接描写人物的心理。又称独白式。一般使用第一人称。犹如电影中人物思考时的画外音，是倾吐衷肠、透露心曲的重要手段。

如高尔基的《母亲》在写"母亲"被暗探发现后的心理变化：

"'完蛋了吗?'母亲问自己道，但紧接着颤抖地回答，'大约还不妨吧……'

可是，她立刻鼓起勇气严厉地说：'完蛋了。'

她向四周望了望，什么也看不见，各种想法在她脑子里像火花似的一个个爆发，然后又熄灭了。

但是另外一个火花格外明亮地一闪。

'丢掉儿子的演说稿？让它落在那帮家伙手里……'

'那么带着箱子逃吗？……赶快逃……'"

这一段内心独白形象地刻画了"母亲"被暗探发现后的怯弱与恐惧，但它没有影响"母亲"的形象，反而使"母亲"的形象更丰满、更真实、更符合人物性格的发展过程。

动作暗示

人的动作、行为总是受心理活动支配的，从行动中刻画人物的心理活动，揭示人物在特定环境下的内心世界，是最富心理表现力的，是心理描写的又一表现形式。人物的一颦一笑、一举手一投足，都是人物内心世界的外在体现。

如《荷花淀》中，水生把报名参军的事告诉他妻子后，妻子的心理：

"水生小声地说：'明天我就要到部队上去了。'

女人的手震动了一下，想是叫苇眉子划破了手，她把手指放在嘴唇里吮一下。"

这个动作把她听到这个消息后内心的震惊刻画了出来，但又写出了她临事不慌，用"吮"这个动作平复自己的心绪。

又例如，肖洛霍夫的《一个人的遭遇》中，索科洛夫在收养了凡尼亚后，一夜醒三四次，看睡在身边的孩子，他"悄悄地坐起来，划亮一根火柴，瞧瞧他的模样"，"一会儿摸摸小孩的身体，一会儿闻闻小孩的头发"，这些细腻的动作描写全都暗示了索科洛夫激动、兴奋的心情。这样的动作描写比内心独白的感染力还要强烈得多，简直达到了催人泪下的效果。

动作描写应该是符合具体情境的，应该是要言不烦地集中表现当事人某种特定情境中的心理。如果动作描写对刻画人物的性格或者心理没有任何帮助的话，这样的语言大可以省略。

景物烘托

即绘景显情。作品中出现的景物，往往是"人化的自然"，渗透了人物的特定心情。同一自然景物，人的心情不同，景物也跟着不一样。

如老舍《月牙儿》中的　段描写：

"这是个春天，我只看见花儿开了，叶儿红了，而觉不到一点暖气。红的花只是红的花，绿的叶只是绿的叶，我看见些不同的颜色，只是一点颜色；这些颜色没有任何意义，春在我心中是个凉的死的东西。"

这里虽是写景，实质却是写人，它通过一个被蹂躏、被践踏、处在社会底层的苦恼的人的眼睛去看春，虽然也有绿叶红花，但不过是个"凉的死的东西"。这样，就把人物的悲苦心情真切地表现了出来。

环境烘托

环境描写是指对人物所处的具体的社会环境和自然环境的描写。其中，社会环境是指能反映社会、时代特征的建筑、场所、陈设等景物以及民俗民风等。自然环境是指自然界的景物，如季节变化、风霜雨雪、山川湖海、森林原野等。环境描写经常可以起到烘托人物心理的作用。

比如鲁迅的《药》中写老栓买药途中所见的情景时，有句话说"远远里看见一条丁字街，明明白白横着"，表现了老栓即将到刑场时的惊恐的心情。接下来有这么一段话："太阳也出来了；在他面前，显出一条大道，直到他家中，后面也照见丁字街头破匾上'古轩亭口'这四个黯淡的金字。"这段话体现了他内心洋溢着的希望。这些都是社会环境烘托心理的典型语句。

梦境幻觉

采用做梦而产生的幻觉来展示人物的内心世界，表现当时的思想。作品中的人物由于无法达到某种目标，于是陷入沉迷于空想的心态，而这种心态常通过幻觉或梦境的形式来得到满足。

比如，鲁迅的《阿Q正传》中阿Q在土地庙中的白日梦，梦到自己喊着"同去，同去"和一群白盔白甲的人"闹革命"，感到自己可以"要什么有什么，喜欢谁就是谁"，这段心理描写，反映了他想革命却又不知怎样革命，革命为了什么，革命的对象是谁的问题，使阿Q的形象更为可悲，更具讽刺意味，更加生动形象。

从旁叙述

作者对人物内心活动的直接描述，一般采用第三人称的方式描写人物心理。由于作者是以旁观者的身份对人物的内心世界进行剖析，因此不但便于比较细腻地表现人物在当时当地的思想活动，还可以有进展地概述人物在一段时间内的感情变化，内心斗争，在行文中比较灵活方便。

如《项链》文中有这样一段话："她独自坐在窗前，于是就回想从前的那个晚会，那个舞会，在那里，她当时是那样美貌，那样快活。"这里采用了从旁叙述的方式表现了玛蒂尔德对以往的回忆和内心的起伏。在这段话后面便有这样精彩的议论："人生是多么奇怪，多么变幻无常，极小的一件事，可以败坏你，也可以成全你。"作者根据自己的想法和需要，站在观察者的角度的叙述，使人物的情感倾向表现得相对鲜明些。

❖ 景物描写

景物描写，是指对自然环境和社会环境中的风景、物体的描写。景物描写主要是为了显示人物活动的环境，使读者身临其境。

景物描写的对象，概括地说，凡围绕人的但不是对人的描写，都可以说是景物的描写。具体地说，可以分为三个方面：风景描写、风俗描写和风物描写。也可以用绘画用语来表达，那就是风景画、风俗画和风物画。

风景画的主要内容是自然风景。广义的风景画，包括人工景物，如宫殿、寺庙、园林等。狭义的风景画，主要是指自然风景，如日、月、星、云，高山、大漠、潮汐、雷电等。

风俗画，也有广义与狭义之分。广义的风俗画，指能反映某一时代、某一地区、某一民族或社会集团的社会生活所特有的风俗人情、社会风貌、生活方式的文学作品。例如，可以说《红楼梦》是17世纪中国上层贵族的风俗画。狭义的风俗画，指作品中有关地区的独特的风俗人情、生活方式等方面的描写。

风物画的范围更小一些，主要指人工制造的具有特点的景物与器物。较大的如园林，较小的如金石风物描写。

景物描写对塑造人物形象主要有以下几个作用：

1. 渲染气氛，烘托人物心情。

景物描写有时可以渲染一种特定的氛围，烘托人物的情趣、心境，表现人物的心理。作家往往用生动的自然环境描写，来创造故事的特定氛围，从而增强故事的真实性。

如鲁迅在《社戏》中的景物描写：

"两岸的豆麦和河底的水草所发散出来的清香，夹杂在水气中扑面的吹来；月色便朦胧在这水气里。淡黑的起伏的连山，仿佛是踊跃的铁的兽脊似的，都远远地向船尾跑去了，但我却还以为船慢……而且似乎听到歌吹了。"从视觉、听觉、嗅觉等三个方面来表现大自然的美。视觉方面写了碧绿的豆麦田地，淡黑的连山，皎洁的月光；听觉方面写了歌吹；嗅觉方面写了豆麦和河底水草的清香，有声有色，勾画出了一幅情景交融的江南水乡美景图。作者运用比喻、拟人、比拟等修辞手法，烘托气氛，表现出了"我"对自然美景的热爱，渲染了"我"去看戏途中高兴的心情。

2. 展示人物性格。

人物周围的环境，包括室内外的装饰布置，能够展示一个人的身份、气质、个性等，因此作家注意用景物来展示人物性格。

例如鲁迅《祝福》中对鲁四老爷书房的描写：

"我回到四叔的书房时，瓦楞上已经雪白，房里也映得较光明，极分明的显出壁上挂着的朱拓的大'寿'字，陈抟老祖写的；一边的对联已经脱落，松松的卷了放在长桌上，一边的还在，道是'事理通达心气和平'。我又无聊赖地到窗下的案头去一翻，只见一堆似乎未必完全的《康熙字典》，一部《近思录集注》和一部《四书衬》。"

从对联和书籍的内容可以看出，鲁四老爷是自觉维护封建制度和封建礼教的卫道士，他尊崇理学和孔孟之道，他懒散、自私伪善、冷酷无情，是造成祥林嫂悲剧的一个重要人物。

3. 推动情节的发展。

有时景物描写能够推动情节向前发展，如鲁迅《社戏》中的一段景物描写：

"月还没有落，仿佛看戏也并不很久似的，而一离赵庄，月光又显得格外的皎洁。回望戏台在灯火光中，却又如初来未到时候一般，又漂渺得像一座仙山楼阁，满被红霞罩着了。……"

交代了时间、地点的转换，说明是返回途中，推动了故事情节的发展，暗示文后的"偷豆"吃这一小插曲。

4. 借景抒情，情景交融。

作品中的景物描写，往往是为了作者抒发感情，达到借景抒情、情景交融的目的。

如朱自清的《荷塘月色》给我们展现了一幅恬淡朦胧的荷塘月色图，实际上寄托了作者的情感。朱自清是一名新文学运动战士，1927 年大革命的失败，给他心灵上投下了落寞的阴影。他既对黑暗的现实不满，又不愿投身革命，所以借荷塘月色抒发的自己幻想超脱现实的情感。

第二节　小说的情节

所谓情节，即叙事性文艺作品中以人物为中心的事件的演变过程。由一组以上能显示人和人、人和环境之间的关系的具体事件和矛盾冲突构成。一般包括开端、发展、高潮、结局等部分，有的还有序幕和尾声。

情节是小说作品内容构成的要素之一，它是指在作品中表现人物之间相互关系的一系列生活事件的发展过程，由一系列展示人物性格、表现人物与人物、人物与环境之间相互关系的具体事件构成。高尔基说，情节"即人物之间的联系、矛盾、同情、反感和一般的相互关系，——某种性格、典型的成长和构成的历史"。因此，情节的构成离不开事件、人物和场景。

小说的基本特征是故事性、叙述性，因此，情节是构成小说的必要要素。对于情节的安排就需要有一定的要求：

第一，所选题材要有现实基础。

故事来源于生活，通过整理、提炼和安排，比现实生活中发生的真事更集中、更完整、更具有代表性。

如契诃夫《变色龙》的情节：奥楚蔑洛夫一挤进人堆，便在公众面前耍其威风，专横地吆三喝四，大喊大叫，一副盛气凌人的样子，当他听了首饰匠赫留金的申诉，因不知狗是谁家的，便装腔作势，声色俱厉地断然决定，要把狗弄死，并且要惩罚狗的主人，可当听到这狗是将军家的狗时，他立刻变了色，胆怯地浑身冒汗，竟反过来训斥赫留金是出了名的鬼东西，是自己把手用小钉子弄破的，然后又听巡警说这狗不是将军家的狗时，他又变了色，转面大骂小狗，而且在赫留金面前显出一副公正嘴脸，对赫留金说："我们决不能不管。……"活似秉公执法的青天大老爷。可又听别人说："没错，是将军家的！"于是他又变了色，大骂赫留金是"浑蛋"，称赞小狗是"名贵"的动物，将军家的厨师又否定狗是将军家的，他又变了色，骂狗是"野狗"，"弄死他算了"，但厨师又说那是将军哥哥家的狗时，他顿时又来了个一百八十度的大转弯，并且"脸上洋溢着含笑的温情"。

上文是奥楚蔑洛夫审理狗咬人的案件的过程，是《变色龙》故事情节的发展和高潮，作者以十分个性化而又颇具幽默感受的语言，生动地描述了这位沙皇警官多次"变色"、反复无常的种种丑态，淋漓尽致地表现了他骄横虚伪、欺下媚上、见风使舵的小人嘴脸，由此我们可以明白作者将"变色龙"——这种皮肤能随环境的颜色而不断变化的小动物作为小说题名的用意了，这一标题不仅富有讽刺意味，而且形象醒目，有画龙点睛的作用。

第二，合理安排情节。

情节是由情节单元组成的，情节单元的不同组合方式形成了不同的情节结构类型。情节结构类型有六种：线状结构、网状结构、画面结构、象征结构、写实结构、"散文"结构。

1. 线状结构

线状结构，就是各个情节组成部分按时间的自然顺序、事件的因果关系顺序连接起来，呈线状延展，由始而终，由头至尾，由开端到结局，一步步向前发展，虽然有时倒叙、插叙和补叙，但并不改变整个情节的线式格局。

线状结构有单线式和复线式之分。复线式结构根据情节线之间的关系又可分为三种：一是主副线式，即两条或两条以上的情节线索分主次，交叉共进。二是交叉式，即两条或两条以上的情节线索难分主次，交叉共进。三是平行式，即有两条难分主次的情节线索，但并不交叉，而是呈平行状态，并通过某些人物或事件造成两条线索之间的联系。

情节的线状结构，在西方小说中一般呈现为直线运动，其情节结局往往是悲剧性的。但在中国古典小说中，大多呈现为一种潜隐的圆形，其结局是大团圆式的，或是回归性的。例如破镜重圆后夫妻团圆、历经艰险后亲人团聚，受尽磨难后终成正果，美梦成真金榜题名，或者是聚而散、散而聚，合而分、分而合，盛而衰、衰而盛。不仅如此，一些长篇小说还构成了的多层性圆形，例如《三国演义》中由东汉一分为三——魏、蜀、吴，又三合为一——西晋，在这一分为三，三合为一的叙事大圆中，又包含着魏、蜀、吴三家由创业到灭亡的相互对峙而又相互交叉的三个中等圆，以及董卓、袁绍、袁术、吕布、刘表等来去匆匆的小圆，在这种圆圆相续、相套之间波澜壮阔地展示了我国三世纪周流不殆的政治外交谋略和战争传奇。

2. 网状结构

网状结构，以人物的心灵为中心，以人物的意识、心理活动为辐射线构成情节，其结构如蛛网般。

西方意识流小说基本采用此情节结构形式，我国新时期文学创作中被称为"心理小说"的作品也采用这种形式。

网状情节结构的基本特点是：①小说所叙述的对象是人物心理活动的流动过程，包括人物的思想、意识、回忆、联想、想象、感觉、直觉、印象、梦境等。②作家打破传统小说的时间顺序和因果逻辑，凭借人物的意识流动来组接素材。③作者采用心理分析、独白、旁白、感官印象以及幻觉、梦境等表现手法展开叙述。

3．画面结构

以景物、场面为主体的画面式情节单元的组合，即为画面结构。

这种情节结构，在传统小说和现代小说中都大量存在，但其创作旨向、画面特点和组合的具体方式却有很大差异。

传统画面结构，就其创作旨向而言，作家着意于通过画面创造来抒情写意；就其画面构成而言，是在如画的自然环境和自然风景之中镶嵌人物故事，作家的写作兴趣不在故事，而是在故事赖以发生的空间和环境；写人物动作也不求戏剧舞台表演那样的戏剧化，而求富有静感的神韵。

现代画面结构小说，主要指的是二十世纪五六十年代诞生于法国的"新小说"派作品。就创作旨向而言，"新小说"派认为，人不应是小说的中心，小说的中心是"物"，即事物、形态，而"人物"只是"临时道具"，事物是不受人的意识支配的，作家不应该从主观感情出发来描绘事物，而应该用冷静的语言如实记录客观世界和现代人的活动；就画面的构成而言，新小说只是用语言文字将景物转化为绘画一样的视觉形象，以期收到观画一样的视觉效果；写到人，思想感情也被过滤了，仅剩下一些图景，画面之间的连接基本上采用的是电影"蒙太奇"的手法，这当然使得画面之间实现了意义的衔接，但又使得画面之间的关系有了多义性，叙述的整体意向也就有了不确定性。

4．象征结构

象征性情节结构，即全部情节单元紧紧围绕着某个形而上的抽象理念——意识、思想、感觉展开和进行，理念是情节的内核，是情节片断之间的连接线索。

加缪的《局外人》，卡夫卡的《变形记》、《城堡》，海勒的《出了毛病》，我国新时期张抗抗的《北极光》，邓刚的《迷人的海》，高晓声的《鱼钓》等都是典型的象征结构作品。

象征情节结构小说具有一些艺术特点：①象征含义凝聚着所有的情节单元，贯穿着整个形象体系。②象征形象具有完整性和生动性。③情节过程简明、清晰。④象征形象具有大幅变形的特点。

5. 写实结构

写实结构是"新写实"小说所采用的情节结构。"新写实"小说不像传统现实主义小说那样去营造因果相扣的严密精致的情节和创造典型环境中的典型性格，也不像现代主义小说那样彻底打碎时间情节而完全依据人的意识的流动和闪回组织叙述。它注重于展示客体的原形，即事物、生活（包括精神或文化现象）的原初状态和本来面目，通过人生中平凡、琐碎的细节，揭示人性的原生特质和那酸甜苦辣、五味俱全的人生体悟。

这种结构相对淡化社会历史背景，淡化政治思想意义，甚至作者的主观感情也得到抑制，即所谓的"以零度感情介入"。

由于注重展示生活的原生态，故"新写实"小说的情节结构体现为：故事情节不是精致严密、封闭的因果逻辑，而是松散的、开放的生活故事，其中现实的事件和幻想的故事、理性的思考和非理性的感悟、清楚的事实和模糊的印象、真善美的事物和假恶丑的现象……都会在叙述过程中浮现出来，使人就像看到了生活本身一样。但是，这也并不意味着"新写实"小说是绝对的写实化，它必定带着虚构成分。

6. "散文"结构

"散文"结构，即散文化情节结构。

散文化情节结构的特点：一是故事情节呈现为散文的片断，就如同散文的叙事是片段事件的连缀，而不是有头有尾的连贯故事一样。二是形散而神不散，即通过片断事件的叙述和自然景物以及社会风情的描绘，创造出生动的意境，表达特定的主体情思。

"散文"结构似乎同于散文了，其实不然，散文所叙之事之人多是真实的，而"散文"结构所叙之事、之人、之境，是虚构的。"散文"结构实际上是采用了散文的情节形式而创造的一个虚构的世界。

第三，注意情感变化。

情感变化是推动情节发展的重要因素。

如《项链》中，小说一再描写玛蒂尔德如何向往上流社会的生活，可是当她能够去参加上流社会人士所举办的舞会时，却又让人出乎意料，一是见到请帖不但不欢喜反而发怒；二是准备好舞服不但不高兴反而发愁。这种意外的表现吸引读者去探究人物的心理和动机，同时又使情节的发展出现波澜而不显呆板。其后，丢失项链的偶然事件使人物的命运发生了根本的变化，也成了小说情节发展的转折点。小说的结尾，作者又出人意料地让女主人公在备受生活艰辛之后，路遇故友，得知真相，此时小说情节戛然而止，言有尽而意无穷，使得全篇的思想深度和艺术效果都升到了一个新的境界。

第三节　小说的环境

环境是人物赖以生存的物质基础。它是指作品中人物所处的时代社会背景、社会关系和具体生活场所，可分为社会环境和自然环境。社会环境是指对一定历史时期的社会生活、社会风尚、风土人情的描写。自然环境是指对日月星辰、山川河流、花草树木、鸟兽虫鱼、时序节令、风雨雪霜等自然景物的描写。

环境描写是小说中不可或缺的部分，那么环境在小说中到底起着怎样的作用呢？

1. 环境描写为人物活动提供场所，渲染气氛。

例如鲁迅的《药》中对坟场的描写："这一年清明，分外寒冷。"坟地中间是一条"歪歪斜斜"的路，两旁是"层层叠叠"的"丛冢"。这里没有半点生机，只有"支支直立"的枯草发出"一丝发抖的声音"。还有"一只乌鸦，站在没有叶的树上，缩着头，铁铸一般站着"。这些描写不仅为华、夏两个老奶奶活动提供特定的场所，而且给坟场营造了一种悲凉的气氛。

2. 环境描写既能刻画人物心理，又能体现人物性格特征。

例如高尔基的《母亲》中的母亲在去小火车站领取传单时，作者对小站环境作了细致的描写，对各色人物的刻画，甚至细致地描写姑娘脸上的麻子，难闻的气味等等，这既暗示了当时社会环境的肮脏混浊，同时也通过母亲眼睛的细致观察，表现出她谨慎小心的心理特征。

3. 富有象征意义的环境描写，对人物命运具有暗示作用。

例如《简·爱》中写简·爱和罗切斯特在花园正沉浸于无比的幸福之中时，作者却写出了"七叶树在折腾着，呻吟着，是什么使它这么痛苦呢？狂风在月桂树的小径上呼啸，急速地从我们头上吹过"的话，这段描写给读者不祥的预感，风怒吼着席卷着眼前的景物，让人感到简·爱和罗切斯特的爱情将经受一场严峻的考验，一次风雨的洗礼，留下悬念，引人续读。在本节最后一段有这样的描述："——果园尽头的那棵大七叶树在夜里让雷打了，劈去了一半。"如果说"七叶树在折腾着"是一种命运的暗示，那么这一次更是对男女主人公命运的暗示——他们将为了高尚纯洁的爱情走上一条坎坷而漫长的道路。

4. 环境描写为人物活动提供广阔的社会背景，体现社会时代特征，透视人物命运根源。

比如在鲁迅的《祝福》中有喜庆的鞭炮声，有阴冷昏暗的雪天，有直接给祥林嫂带来不幸的元凶鲁四，有精神麻木、受奴役、受压迫而又迷信无知，有意无意成了杀害祥林嫂的帮凶柳妈。祭祀活动本是一种风俗，但当它被用来麻痹劳动人民精神时，就变成了一种封建迷信。这样的人、物、景织成了一张吞噬祥林嫂灵魂的巨网，深刻地揭示了祥林嫂悲剧的社会根源。

另外，环境描写还可以推动小说情节的发展，折射人物复杂而多变的心灵之光。

第三章

小说的表现手法

　　狭义的表现手法即"写作手法"，包括象征、托物言志、借物抒情、对比、衬托、抑扬结合、讽刺、夸张、联想、想象等。广义的表现手法就是作者在行文措辞和表达思想感情时所使用的特殊的语句组织方式，诸如表达方式、写作手法、布局谋篇、修辞手法等。表达方式又包括记叙、描写、议论、抒情、说明等；写作手法有运用修辞格、对比映衬、象征、侧面烘托、特写、借景抒情、借物抒情等；布局谋篇包括铺垫、伏笔、照应、悬念等；修辞手法包括比喻、拟人、排比、对偶、反复、设问、反问、对比、衬托、借代、反语、夸张、引用等。

第一节　小说的写作手法

　　写作手法就是文章中用来表现主题、刻画人物、增强表现力、吸引读者注意力的手段。主要包括下列一些内容：

◆ 直接抒情法

　　直接抒情也叫直抒胸臆，直接对有关人物或事件等表明爱憎态度。

　　直接抒情可以使感情表达得朴实真切，震动人心。直接抒情一般适用于抒发强烈而紧张的感情。直接抒情表达感情强烈，节奏较快、紧张，情感直露，容易把握。

❖ 间接抒情法

　　间接抒情指作者不直接出面，通过其他方式来抒发感情，语言比较冷静客观。

　　间接抒情主要包含四种形式：

　　1. 借景抒情

　　即作者把自身所要抒发的情感、表达的思想寄寓在景物之中，通过描写景物予以抒发。

　　2. 借物抒情（托物言志）

　　作者借日常生活或自然界中的某物自身具有的特征，来表达某种情感或志向。运用借物抒情的方法，关键是找准物品的特点与自己感情引起共鸣的地方，使物品与感情相统一，使感情有所依托。

　　3. 借古抒情

　　借历史上的事件来讽喻当朝。

　　4. 情景交融（寓情于景）

　　即将感情融会在特定的自然景物或生活场景中，借对景物或场景的描摹刻画来抒发感情。

　　间接抒情的特点是作者抒情含蓄婉转，富有韵味，感染力强。间接抒情一般通过叙述抒情，在叙述时加上自己主观感情色彩，根据感情的流动来叙述，使读者在叙述的过程中感受作者的思想感情；也可以通过议论抒情，在议论中表达作者强烈的爱憎、褒贬之情；还可以通过描写来抒情，在描写的过程中渗透自己的情感。

❖ 环境衬托法

当周围都是绿色，中间的一点红色就特别地鲜艳夺目，所以熟语说"万绿丛中一点红"。恰当地运用环境衬托，可以生动地表现人物的心理，渲染气氛，更好地推动故事情节的发展，塑造鲜明的人物形象。

❖ 对照比较法

俗话说："不见高山，不知平地。"事物的特点往往在比较中得到显现。

对照比较的方法有两种。一种是把两种相差、相反、相关的事物进行比较；一种是把同一事物相差、相反、相对的两个方面，放在一起加以比较。对照比较法通过对事物截然不同的特点的对比，给读者以深刻的印象和启示。

❖ 象征手法

用某一种事物的具体形象，来表现某一种抽象的概念、情感或社会意义，叫做象征。

象征手法在运用时隐去其原来的事物或某些显见的意义，可以避开原先有所顾忌的事物或事理，能够更深刻地揭示被象征物的本质，使文章更有意蕴。

第二节　小说的布局谋篇

作者写一篇小说，在下笔之前要先构思文章的主旨、文章的目的，这就是谋篇。然后要考虑先写什么，后写什么，要想清楚文章的结构，这就是布局。

布局谋篇一般有哪些手法呢？

第一，前后照应。

前后照应是指前文、后文内容互相补充。作者在前文对将出现的内容给出暗示，后文照应，使结构严谨，中心突出。

前后照应法可以使文章严谨连贯，浑然一体，突出在内容和结构上的内在联系。

照应一般有以下几种：①内容和标题相照应。这种照应方法常常是内容安排多处和题目照应，或在恰当的地方直接、间接点明题意。如《背影》中多次描写"背影"，既与标题"背影"相照应，又进一步点明题旨，充分表达了作者对父亲深深的思念之情。②行文中间照应。这种照应方法就是在文章前面写事，后面行文交代前面所写事的结果，使内容相互补充，层层深入。③结尾与开头照应法。在文章的结尾处对开头交代的事情作必要的提及，使文章首尾一致，成为有机的整体。如《白杨礼赞》一文，开头和结尾互相照应，不但使义章结构显得非常完整，而且使作者的赞美之情得到了淋漓尽致的抒发。

第二，巧设悬念。

把文章后面将要表现的内容，先在前面作一个提示，但不马上解答，以引起读者的好奇，产生急于看下去的迫切心情，这样的方式，我们称为巧设悬念。

设悬念可以避免结构上的单调，使文章情节波澜起伏，引人入胜。

第三，铺垫与伏笔。

铺垫指陪衬、衬托；而伏笔指文章在前文为后文埋伏的线索。

铺垫，也称铺叙衬垫，是为了突出后面要出场的主要人物、事物或要发生的事件，先对次要人物、事物、事件进行铺陈描述，以此来烘托、引出重要的情节和内容的一种表现手法。通俗地说，先描述的内容就是为主要内容做准备、打基础、作陪衬和烘托，为主要情节蓄积和酝酿气势的。

例如，鲁迅《孔乙己》一文中写道："中秋过后，秋风是一天凉比一天，看看将近初冬；我整天的靠着火，也须穿上棉袄了"，这里通过秋风越来越凉、初冬、靠着火、穿棉袄这些事物的描写，暗示当时天气已经很冷，为下文写孔乙己的悲惨遭遇作了铺垫。

铺垫的种类主要有：

1. 背景式铺垫，即交代故事发生的原因或环境。

如《皇帝的新装》第一段极力描述皇帝如何喜爱新衣服，这就交代了他为什么会被两个装成织工的骗子所骗，最后光着身子举行游行大典的原因，为故事的发生作了铺垫。

2. 衬托式铺垫，即用次要情节正面衬托主要情节。

如刘鹗的《明湖居听书》主要表现白妞出神入化的说书艺术，但文章先写琴师的弹奏和黑妞的演唱。两人的精彩演出更衬托出白妞说书技艺的高超，为主角白妞的出场作了绝好的铺垫。

3. 反差式铺垫，即铺垫的方向与情节发展的方向相反。

如莫泊桑的《我的叔叔于勒》开头浓墨重彩地描述"我"一家人如何日夜盼望"发了财"的于勒回来，如何对于勒的钱拟定上千种计划，然后笔锋一转，写全家人意外地发现于勒竟是个靠卖牡蛎为生的穷水手。这样，前面的铺垫与后面的情节形成巨大反差，情节跌宕，意味深长，艺术效果强烈。

伏笔指文章或文艺作品中，在前文为后文所作的提示或暗示。

所谓伏笔，可以理解为前文为后文埋伏线索，也可以理解为前文对后文所作的提示或者暗示。比如说一部侦探小说，前面大部分的笔墨作者都是欲说还休的，例如逐渐出现的证据、征兆，这就是一种伏笔。

伏笔的意思是，在写文章的过程中有意地穿插些情节，为后文出现的情节做前兆，让人看到后面时，能恍然大悟原来是这样，这样读者在读的过程中会不断地产生疑问，直到作者把伏笔揭开，使整个文章联系起来，让人有意犹未尽的感觉。

例如曹雪芹《红楼梦》第五回中的一首判词："霁月难逢，彩云易散，心比天高，身为下贱，风流灵巧招人怨，寿夭多因毁谤生，多情公子空牵念。"这里就为第七十八回晴雯的死埋下了伏笔，她的死因是毁谤，为什么有人毁谤？是因为风流灵巧招人怨。

伏笔的感觉像是提前隐藏一些与后文相关的信息，但这个信息在后文的哪里出现，就不得而知了。

使用伏笔也应该注意以下几个方面：

1. 有伏必应，如果在开头提到了枪，那么在后文就要提到开枪，不伏不应是败笔，只伏不应同样也是败笔。

2. 伏笔要伏得巧妙，自然成文，切忌刻意显露。

3. 伏笔有照应，但前后不宜紧贴。如果伏笔前后贴得过近，反而会使文章显得呆板，读起来显得枯燥无味。

铺垫和伏笔都是为下文服务的，但也有一些区别：

1. 从目的和作用上看，铺垫是衬托。作者尽管是在次要人物或事件上下工夫，其着眼点却是主要的人物或事件。伏笔是对将要在作品中出现的人物或事件，预先作提示或暗示，使下文的情节不致使读者感到疑惑，以求前后呼应。它常常与"照应"配合使用，即所谓前有伏笔，后有照应。

2. 从形态上看，为了达到衬托的目的，铺垫对起陪衬作用的部分往往大肆渲染，唯恐读者不见，因此，铺垫可以说是"显性"的；而伏笔贵在一个"伏"字，通常比较隐蔽，因而，伏笔是"隐性"的。巧妙的伏笔，在没有看到"照应"之前，貌似"闲笔"。

3. 从位置上看，铺垫一般在文章开头，伏笔常见于文章中间。

4. 铺垫所使用的笔墨往往较多，可谓浓墨重彩（当然，其程度不及对主要人物或事件的描写）；而伏笔通常只是一两笔，点到为止。

第三节 小说的表达方式

表达方式亦可称为表达方法，是作者根据客观事物和表达思想感情的需要而运用的一种语言表达形式，属于文章的整体的语言运用形式。

小说中常用的表达方式有五种：记叙、描写、抒情、议论和说明。

记叙是最基本、最常见的一种表达方式，是作者叙说或交代人物的经历或事情的发生、发展、变化过程。

描写是把描写对象的状貌、情态描绘出来，再现给读者的一种表达方式。

抒情就是抒发和表现作者强烈的爱憎、好恶、喜怒、哀乐等主观感情。

议论就是作者对某个议论对象发表见解，以表明自己的观点和态度。

说明是用简明扼要的文字，把事物的形状、性质、特征、成因、关系、功用等解说清楚的表达方式。

❖ 小说的叙述方法

叙述，作者把事情的前后经过通过作品表达出来。

叙述的基本特点是在于陈述"过程"。人物活动的过程，事物发生发展变化的过程，前因后果，来龙去脉，构成叙述交代和介绍的主要内容。它包括人物、事件、时间、地点、原因、结果六个基本要素。

叙述的视角

第一人称叙事法

由于文章的内容是以"我"或"我们"的视角来观察和感受，并以"我"的口吻来叙述其所见所闻所思所感，表示文章中所写的都是叙述人亲眼所见，亲耳所闻的事件，或者是叙述者本人的亲身经历，使文章形成真实、亲切的格调，带有鲜明的主体特征和主观抒情意味。它既适合于内心独白式地呈现人物的内心世界，又适合于讲故事式地叙述事件，从而在组织篇章结构时显得自由洒脱，无所拘束。

第二人称叙事法

以"你"或"你们"为对象的叙述。因此，它自然地具有一种双向交流的对话性质。有人把它叫做"对向视角"。这种视角能紧紧抓住读者，使之有一种参与感。第二人称的突出长处就在于它的"透视性"，便于作者挖掘人物的意识，也便于读者探究人物的内心世界。

第三人称叙事法

第三人称是一种最古老的叙事视角。它是指叙述者以局外人的口吻，叙述"他"或"他们"的事情，既不受空间、时间的限制，也不受生理、心理的限制，可以直接把文章中的人和事展现在读者面前，是最自由灵活的叙述角度。它可以对人物、场景作外部观察，也可以进入人物内心世界，直接展示众多人物的心理。

叙述的方法

叙述，从不同的角度有多种划分方法，而最通常的是按叙述的先后顺序，分为顺叙、倒叙、插叙、补叙、分叙等。

顺叙法

顺叙是一种最基本最常用的叙述方法。它是按时间的推移、空间的自然序列、作者或人物的思想感情发展的进程、人物活动的次序或事件的始末来叙述事情，这就跟事情发生发展的实际情况相一致，所以易于把文章写得条理清楚，脉络分明，符合人们的接受心理和阅读习惯，便于把叙述内容表述得条理清楚，自然顺畅。运用顺叙，要注意剪裁得当，重点突出。否则，容易出现罗列现象，犯平铺直叙的毛病，使人读了索然无味。

倒叙法

倒叙并不是把整个事件都倒过来叙述，而是先把叙述事件的结局或事件发展过程中某个突出片断提到前边来写，然后再按事件的发生发展顺序展开叙述，传统上称为"倒插笔"。采用倒叙的情况一般有三种：一是为了表现文章中心思想的需要，把最能表现中心思想的部分提到前面，加以突出；二是为了使文章结构富于变化，避免平铺直叙；三是为了表现效果的需要，使文章曲折有致，造成悬念，形成波澜，引人入胜。采用这种方法一定要根据表达的需要，不应强行运用；要注意起笔的"倒叙"与后文的"顺叙"部分的衔接，使之连接紧密，过渡自然。如沃勒在《廊桥遗梦》的开头即写道："从开满蝴蝶花的草丛中，从千百条乡间道路的尘埃中，常有关不住的歌声飞出来。本故事就是其中之一。一九八九年的一个秋日，下午晚些时候，我正坐在书桌前注视着眼前电脑荧屏上闪烁的光标，电话铃响了。"作者采用倒叙的笔法来叙述，先写叙述者的现在，然后再回忆主人公年轻时的一段恋情，使小说充满怀旧的色彩。

插叙法

插叙是为了表达文章中心的需要。有时是为了帮助读者了解故事情节的追叙；有时是对出场人物的情节作注释、说明。在插入叙述的时候，还要注意文章的过渡、照应和衔接，不能有断裂的痕迹。

插叙是在叙述过程中，根据表达内容的需要，暂时中断主线，插入相关的事情或必要的解说。插叙结束后，仍回到叙述主线上来。插叙的内容可以是对往事的回忆联想，可以是对某些情况的诠释说明，可以是对出场人物的情节作注释、说明，还可以是对人物、事件、背景的介绍。使用插叙一定要服从表达中心思想的需要，做到不节外生枝，不喧宾夺主，还要注意文章的过渡、照应和衔接，使行文错落有致。

补叙法

补叙主要用于对前文涉及的某些事物和情况的补充说明，一般是片断性的、简要的、不具备完整的事件。它的作用在于对前文所设伏笔作出回应，或对前文中有意留下的接榫处予以弥合。补叙可以使内容完整充实，情节结构完善，使记叙严谨，不留破绽。

分叙法

分叙也叫平叙，是对同一时间内发生在不同地点的两件或多件事情所作的平行叙述或交叉叙述，也就是传统小说中常说的"花开两朵，各表一枝"。它的作用是把头绪纷繁、错综复杂的事情，写得眉目清楚、有条不紊。分叙可以先叙一件，再叙另一件，也可以几件事情进行交叉叙述。采用分叙时要根据文章内容和表达中心思想的需要确立叙述的线索，还要交代清楚每一事件发生和发展的时间。

详叙法

详叙一般用在对每件事发展变化过程的具体叙写。详叙时要抓住人物特征或事情细节进行详尽、细致的描写叙述。

略叙法

略叙就是简略叙述。它的作用在于交代事件发生发展过程中不可缺少但又不必详叙的内容。它与详叙相结合，便整个文章有详有略，疏密相间，形成叙述的起伏。

◆ 小说的抒情方式

小说的感情是比较隐晦的，因为它是通过人物形象的描绘来表达作者的思想感情的。作者表达感情一般具有两种方式：一种是直接抒情，作者在记叙的基础上直接抒发自己对文章的思想感情；还有一种是间接抒情，作者寄情于事、寄情于景、寄情于物，在叙述描写的字里行间渗透自己的感情。

直接抒情

作者或作品中的主人公公开表白爱憎，直接抒发、倾吐感情的一种表现手法。

直接抒情主要有下面几种表达方式：

第一，呼告式，作品中的主人公情到深处，常常难以自禁，忍不住大声呼告，直接表达出自己的爱憎、喜怒。

第二，顿悟式，例如法国作家都德《最后一课》中的小弗朗士在上学路上，看到镇公所布告牌前有很多人围观，不知道发生了什么事。当他走进教室以后，才慢慢明白：祖国沦陷了！这时，作家写到："啊，那些坏家伙，他们贴在镇公所布告牌上的，原来就是这么一回事！我的最后一堂法语课！"，以顿悟式的直接抒情，表达自己万分难过的心情。

第三，反复式，采用反复式语句，抒发自己内心强烈的感情。

间接抒情

作者把爱憎、好恶、喜怒、哀乐等感情渗透到叙述和描写之中，使感情同写人、叙事、写景、状物融合在一起自然地流露出来。

间接抒情的表达方式主要有三种：

第一，寓情于事，即叙事抒情，在叙述中抒发感情。魏巍在《我的老师》中"我们见了她不由得就围上去。即使她写字的时候，我们也默默地看着她，连她握铅笔的姿势都急于模仿"便是通过叙写我们和蔡老师之间发生的一些生活小事，抒发"我"对老师的爱戴之情。

第二，寓情于景，即借景抒情，通过对景物的描写，抒发感情，正所谓"一切景语皆情语"。如法国作家莫泊桑的《我的叔叔于勒》，通过两次写景表现人物心情："我们上了轮船，离开栈桥，在一片平静的好似绿色大理石桌面的海上驶向远处"——表现人物欢快兴奋的心情；"在我们面前，天边远处仿佛有一片紫色的阴影从海里钻出来"——表现人物失望、沮丧的心情。

第三，寓情于物，即咏物抒情，又称托物言志。作者在文中把"物"作为主体对象来写，以浓墨重彩极力铺写，使其赋予某种象征意义和丰富的内涵。

❖ 小说的议论方式

作者或作品主人公对事物发表意见，进行议论。有时以叙述为主，偶发议论；有时边叙边议。

有的议论用在文章的开头，起统领全文、点明中心、引出下文的作用，能使文章的主题思想得到鲜明的表达，同时使文章条理分明，层次清楚；有的用在文章的结尾，为了提高对所叙事物的认识，深化文章的主题思想，点明和加深所叙事物的意义，起画龙点睛的作用；也有为了与文章开头相照应而在结尾用议论的，这样使文章结构更加严谨；有的议论用在文章的中间，起承上启下的作用，使事与事之间紧密地连接起来，使文章结构严谨。

记叙和议论的关系非常紧密：记叙是议论的基础，如果记叙本身缺乏具体生动的描述，议论也就无从深化。其次，议论要紧扣记叙的内容，自然贴切。记叙中的议论是为了帮助读者对记叙部分有更深的认识，做到这一点能够起到"画龙点睛"的作用。第三是议论是起辅助作用的，要言简意明，恰如其分，不可长篇大论，否则会喧宾夺主，影响中心的表达。

根据议论与叙述之间的联系可以分为先叙后议、先议后叙、夹叙夹议三种方式：

先叙后议法

先叙后议是先叙事后议论，因此议论要起到总结上文，点明中心的作用。议论时，要对事件的主要内容，或事件的主要人物，或主要事物进行议论。这样才能做到叙事和议论的统一。在作品中可以通过文章的人物的语言、心理活动进行议论，也可以通过第三者进行议论。

先议后叙法

先议后叙是先议论后叙事，首先开门见山地提出记叙的要点和中心，并以此统领全文，使全文所记事件的意义，通过议论之后，显得清楚明白。在叙事的时候，要根据议论的中心，抓住重点进行写作。

夹叙夹议法

夹叙夹议是叙述和议论交互穿插的一种表达方式，也可叫叙述性议论。这种方法不像先叙后议或先议后叙那样明白可分，它往往是即事生议，就叙事、叙议浑然结合。

第四章

志怪、志人小说

志怪小说记述神仙方术、鬼魅妖怪、佛法灵异，虽然许多作品中表现了宗教迷信思想，但也保存了一些具有积极意义的民间故事和传说；志人小说主要记述人物的逸闻轶事、言谈举止。

第一节　志怪、志人小说的兴起

❖ 历史渊源

远古神话、传说对志怪小说有着直接的影响，特别是《山海经》和《穆天子传》，几乎所有的志怪小说，都在不同程度上受到了它们的影响，志怪小说实际上是古代神话的继续，而志人小说则可以认为是史传的一条支流。在古代，史学家多把神话传说当作史实来记载，如简狄吞燕卵面生育，刘媪得交龙而孕季等（《史记》）；汉人的小说，如《汉武故事》等，也是这种史实与神话的杂糅。

❖ 社会环境的影响

魏晋南北朝时，南北对峙、分裂，社会动荡不安，神仙方术和佛道两教相当盛行。士族阶级想羽化登仙，劳动者则渴求摆脱贫困而寄希望于来世，再加上教徒们的推波助澜，大谈其鬼神灵异之事，进一步加重了宗教气氛。这就直接促使了志怪小说的产生。

不断的军阀混战造成时局相当混乱，政治黑暗，名人议论政事常遭杀害，因此晋代以后的士人转而寄情山水，高谈玄理。同时，汉代实施郡国举士制度后，士族特别看重品格，于是他们在玄谈的基础上，又对人物的言行举止加以品评，一些文人雅士便把这些名士的言谈轶事记录下来，从而出现了志人小说。

第二节　志怪、志人小说分类

◆ 志怪小说的分类

自秦汉以来，方术盛行，关于神仙的故事也层出不穷，这就为志怪小说提供了素材。此外，东汉末期建立的道教，东汉时从印度传入的佛教，在魏晋以后广泛传播，产生了许多神仙方术、佛法灵异的故事，也成为了志怪小说的素材。

这些素材被搜集记录下来，一方面为宗教做了宣传，一方面也为市民闲谈提供了谈资，从而得以流传下来。这些有目的性的记录，使志怪小说主要具有了以下三方面的内容：

第一，地理博物类。如东方朔的《神异传》、张华的《博物志》等。

第二，鬼神怪异类。如曹丕的《列异传》、干宝的《搜神记》、王嘉的《拾遗记》、吴均的《续齐谐记》等。

第三，佛法灵异类。如王琰的《冥祥记》、颜之推的《冤魂志》等。

◆ 志人小说分类

志人小说是在士族文人的品评下衍生出来的，和崇尚清淡的风气有很大关系。这类志人小说既是品评人物和崇尚清淡的结果，又反过来促进了这种风气的发展。它描写的主要对象是人及与人有关的事情，按其内容可分为三类：

第一类，笑话。如魏邯郸淳的《笑林》。

第二类，野史。如东晋葛洪委托刘歆所作的《西京杂记》，记述了许多西汉的人物轶事，也夹杂着一些对宫室制度、风俗习惯、衣饰器物的描写，带些怪异色彩。其中有些故事流传至今，如昭君出塞、毛延寿丑画昭君，司马相如与卓文君故事。

第三类，逸闻轶事。这是志人小说的主要部分。如东晋裴启的《语林》、东晋郭澄子的《郭子》、宋刘义庆《世说新语》、梁沈约的《俗说》、梁殷芸的《小说》等。其中《世说新语》是成就和影响最大的志人小说集。

第三节 志怪、志人小说的影响

志怪、志人小说的产生发展表明小说在魏晋南北朝时代已初具规模，主要标志是作品内容由以写事为主转为写人以及对人物性格特征的刻画为主，从而确定了人在小说中的主体地位。志怪、志人小说虽然篇幅短小、叙事简单，只是粗陈故事梗概，而且基本上是按照传闻加以直录，没有艺术的想象和细节的描写，却是中国小说史上不可缺少的一环。

它对后世小说的发展有深远影响，主要表现在人物刻画、细节描写，以及叙事语言的运用等方面，这些都为唐代传奇小说的写作积累了经验。些唐传奇故事就是以这一时期的小说作为素材进行加工创作的，如《倩女离魂》与《幽明录》中的《庞阿》、《柳毅

传》与《搜神记》中的《胡母班》、《枕中记》与《幽明录》中的
《焦湖庙祝》，都有明显的继承关系。在唐以后，小说作品中也始终
有志怪小说的影子，如宋洪迈的《夷坚志》、清纪昀的《阅微草堂
笔记》等，也是对魏晋南北朝志怪小说的继承和发展。清代蒲松龄
的《聊斋志异》中也有不少类似魏晋南北朝志怪小说的篇章。

魏晋南北朝时志人小说《世说新语》的影响非常大，后世都有
不少续作和仿作，如唐王方庆的《续世说新书》（已佚）、宋王傥
《唐语林》、宋孔平仲的《续世说》、明何良俊的《何氏语林》、明李
绍文的《明世说新语》、清吴肃公的《明语林》、清李清的《女世
说》等。

同时，在魏晋南北朝志怪小说中，有不少作品在故事情节的发
展过程中，穿插了诗或歌谣，抒情气氛浓烈。唐人传奇的"史才、
诗笔、议论"的三结合模式，固然与进士考试制度有关，但从文学
内部的发展规律来看，则不能无视魏晋六朝志怪、志人小说叙事模
式的继承与革新的辩证统一。

第五章

唐 传 奇

传奇本是传述奇闻异事的意思，唐传奇是指唐代流行的文言短篇小说。它远继神话传说和史传文学，近承魏晋南北朝志怪和志人小说，发展成为一种以史传笔法写奇闻异事的小说体式。唐传奇内容丰富，题材广泛，在艺术表现上进一步成熟。唐传奇"始有意为小说"（鲁迅《中国小说史略》），标志着中国古代小说创作进入了一个新的创作阶段。

第一节　传奇的兴起

◆ "传奇"的来源

以"传奇"为小说作品之名，始于元稹，他写的《莺莺传》，原名为"传奇"，后来裴铏所著小说集，也取名《传奇》。但这时的"传奇"只是用作单篇作品或单部书的题目。

把"传奇"明确地用为唐人文言小说的专称，最早见于元末陶宗仪的《南村辍耕录》："稗官废而传奇作，传奇作而戏曲继。"以后也就这样沿用了下来。

❖ 传奇的兴起

唐传奇源于六朝志怪小说，但志怪小说里文学创作的意识不明确，虽然也有一些情节较为曲折的作品，但基本上还是粗陈梗概的内容，缺乏深入细致的描绘；而唐传奇"始有意为小说"（鲁迅《中国小说史略》），说明两者之间在写作态度上面的区别。因此，在唐传奇中出现了较六朝志怪更为宏大的篇制，建立了比较完整的小说结构，其情节更为复杂，内容更偏于反映人情世态，而人物形象的塑造、人物心理的刻画，也有了显著的提高。

唐传奇的兴起有许多方面的原因，除了上述六朝志怪小说的影响外，还有许多其他的因素。

1．唐朝经济的繁荣

唐代经济繁荣，特别是城市经济迅速发展，使市民的文化生活丰富多彩，各种民间艺术也得到发展，为传奇小说的创作奠定了社会的基础。

2．文学形式的多样性

唐代经济繁荣、城市商业发达，因而产生了多种多样的文学形式，这些形式相互借鉴，相互融合，互相促进，为唐传奇在题材内容和写作技巧上提供了营养。例如说话、变文等，是以虚构故事来吸引听众的通俗文学样式，不仅受到普通民众的欢迎，也引起了文人士大夫的兴趣。根据段成式《酉阳杂俎》的记载，在他弟弟生日时请来的"杂戏"表演中，就有"市人小说"，即民间说话这一表演节目。

3．唐代士人"行卷"、"温卷"之风的推动

唐代科举考试时，士子在应试之前，常把以往所作诗文投献给名公巨卿，以求荣誉，称为"行卷"。宋赵彦卫的《云麓漫钞》对此有所论述："文备众体，可见史才、诗笔、议论，故常用作'行

卷'，唐代士人行卷，逾日又投，谓之'温卷'。"

魏晋以来，官员大多从各地高门权贵的子弟中选拔。权贵子弟无论优劣，都可以做官。许多出身低微但有真才实学的人，却不能到中央和地方担任高官。为改变这种弊端，隋文帝开始采用分科考试的办法来选拔人才。在隋炀帝时期，朝廷正式设立了进士科，按考试成绩选拔人才。科举与士林结缘，使唐代士人形成剪不断、理还乱的科第情结。

在唐代，科举对社会各阶层都有很大的开放性，选贤用人也不分门第高下，即使是寒门贫户，都可以依照一定的条件参加科举考试。科举在一定程度上为全社会的读书人提供了较为公平的竞争机会，每个人都能通过自己的努力进入官场。在士子的人生视野中科名就是整个世界，把科场得第作为自己的奋斗目标。

有些寒门出身的士人冲破魏晋以来世族门阀制的壁垒，通过相对公平的科考方式跻身新贵，在精神文化领域有所表现，开始创作出充满激情、自信和进取意识的短篇文言小说。

唐代总体上说来是富有浪漫精神的时代，那些无法通过科举进入仕途的作家们以六朝志怪小说粗陈梗概的结构方式为基础，辅以唐人超强的想象虚构能力，在才子佳人、学子奇遇等情节中来弥补科场缺憾和消解内心怨愤，表面上看似痴人说梦，细细读来却又直逼现实，真实地再现了唐代以来文人文化生活的方方面面、点点滴滴。

唐代的科举考试不断发展，除了录取规模的扩大，录取人数的增加以外，还对录取人员的出身限制有所放宽。到了晚唐，孤寒出身的读书人频频中举已经不再是特例了。这些士人在地位提高之后，用世热情也随之高涨。这是一种开放、积极向上的心态，使我们体会到一种精神解放的气息。而唐传奇正好可以抒发自己的这种积极乐观的精神，因此，创作传奇的热情也随之高涨。

当然，除了上述原因之外，唐传奇的兴起同当时的环境是分不开的。而唐传奇的发展也与整个时代密切相关，大致可分三个阶段。

第一个阶段是初、盛唐时期，是唐传奇的发轫时期，也是由六朝志怪到成熟的唐传奇的过渡时期。作品数量不多，现存有王度的《古镜记》、无名氏的《补江总白猿传》、张鷟的《游仙窟》，内容近于志怪，艺术上也不够成熟。

第二个阶段是中唐时期，是唐传奇发展的鼎盛时期。这一时期不仅作家和作品数量很多，而且出现了一些代表作家及其代表作品。如陈玄佑的《离魂记》、沈既济的《任氏传》、李朝威的《柳毅传》、元稹的《莺莺传》、白行简的《李娃传》、蒋防的《霍小玉传》、陈鸿的《长恨歌传》等。内容题材涉及到爱情、历史、政治、豪侠、志怪、神仙等，但大多作品体现了较强的现实精神，创作方法与艺术技巧更加成熟。

第三个阶段是晚唐时期，这是唐传奇的衰落时期。虽然作品数量不少，并出现了专集，如牛僧孺的《玄怪录》、皇甫枚的《三水小牍》、裴铏的《传奇》等，但内容较为单薄，艺术表现上也比较粗俗。唯有豪侠题材的作品成就较高，《虬髯客传》是其中最著名的作品。

第二节　传奇的分类

传奇的内容丰富，按题材分类，可以分为婚恋、侠义、梦幻三类。

❖ 婚恋类

唐代的科举制度在一定程度上改变了中下层知识分子的命运，同时也影响了社会风气的变化，在这个自由张扬的时代，加上唐代文人举子积极乐观、开放的生活态度，使文人才子们和妓女交往日益频繁，他们之间非凡、密切的关系为大量作品增添了浓厚的香艳成分，如鲁迅先生所说：唐人登科之后，多作冶游，习俗相沿，以为佳话，故妓家故事，文人间亦著之篇章。爱情本身是人类天性中一种较为强烈又极具个性色彩的感情，加上现实生活中娼门女子丰富的内心世界，描写这样一种情感，可以借塑造的人物形象抒发自己真实隐蔽的感受。由此，爱情题材走进了唐传奇。唐传奇作家对爱情题材的偏嗜，成为唐人文言小说的一大特点。蒋防的《霍小玉传》述说的就是娼门女子小玉与士子李益的故事。

爱情小说在结构上呈现出分分合合的总体特征，在细节上进行层层叠叠的渲染，在情节上总是出人意料，构成复杂曲折、荡气回肠的故事情节。

一直以来，文人深受社会家族、门第观念的影响，崇尚科举士子与高门女子的美满姻缘，因此对才子佳人的婚姻关系尤为推崇，这也是传奇创作的一部分题材。

❖ 侠义类

侠义小说内容涉及扶危济困、除暴安良、快意恩仇、安邦定国等方面，侠义人格的坚韧刚毅和卓尔不群，武功的出神入化，功业的惊世骇俗，都向我们展现出一种豪放不羁、奔腾流走的生命情调。杜光庭的《虬髯客传》和李公佐的《谢小娥传》便是其中的代表之作。

❖ 梦幻类

虽然唐朝的科举考试为一部分有识之士提供了进入仕途的条件，但是还是有很大一部分有才能的人因为各种各样的原因与官场失之交臂，这些士人将怀才不遇的情怀反映到了传奇作品中，创作出了许多脍炙人口的佳作，沈既济的《枕中记》和李公佐的《南柯太守传》等都是其中的代表。他们为了摆脱这种痛苦，借梦自饰，通过梦境阐发自己的委屈，使之在梦境般的宦海生涯中烟消云散。

第三节　唐传奇中的女性美

女性美，狭义的解释是：女性的容貌、仪态、服饰、举止及特有的生理功能，一般特指用来满足男性感官，给男性带来快感的女性特征，是女人对于男人的物质用途。在长期的以男性为中心的社会里，有关女性美的题材在文学史上大多数是宫体诗式的女性"恋物癖"或"香奁体"式的静物美。到了唐代，由于宽松的社会氛围，女性美在没有完全摆脱"色"的眼光外，开始为美丽的内涵增添新的精神方面的因素，从侧面表达了女性自觉觉醒的精神美。

唐传奇题材较广，以爱情传奇成就最大。作品揭露封建婚姻制度的残酷，同情下层妇女的悲惨境遇，歌颂她们为争取爱情幸福而进行的反抗和斗争，是唐传奇的积极思想意义之一。其中最引人注目的是唐传奇塑了一系列个性鲜明、性格独特、可歌可敬的女性形象。透过她们丰富多彩、景色多姿的人生经历，我们真切地感觉到：大唐一代，妇女的个性意识有了明显提高。

❖ 娇艳绝伦的女性美

1. 注意突出女性性别特征，着意展示女性的容貌美。在《霍小玉传》中开篇就通过鲍十一娘之口，向我们介绍主人公霍小玉"资质醲艳"；《离魂记》里的倩娘也是"端妍绝伦"。

2. 注重女性才艺的展现，展现着女性的才情美。《霍小玉传》中的小玉"高情逸态，事事过人，音乐诗书，无不通解"。

❖ 勇于抗争的刚毅美

唐传奇中的女性在外在的形式上给人以娇艳、幽怨之美；在行为方式上，又表现出勇于抗争的刚毅美，具体体现在：

1. 在爱情上，她们主动、大胆，不隐藏自己对心上人的爱慕之情。如裴铏的《聂隐娘》中隐娘看见一个磨镜的少年就说"此人可与我为夫"。

2. 当爱情出现波折时，相对于男性的懦弱、退让，她们往往显得坚毅、执著。如《离魂记》里倩娘背弃礼仪伦常，身出魂魄和恋人王宙私订终身。

3. 敢爱敢恨，面对欺凌和强暴，决不退缩屈服。如《任氏传》中的任氏尽管是狐女，但是爱情专一，凭借自己的机智、勇敢，亦软亦硬地拒绝了韦崟的无理要求；《霍小玉传》中，霍小玉面对无情的现实，并没有像莺莺那样"怨而不怒"地凄婉恳求，而是走出一条生前控诉，死后复仇的斗争道路。她反抗李益"退身相让，忍气吞声"和"曲不能争，直不能论"之类的说教，最后"长恸号哭数声而绝"。

❖ 不让须眉的道德美

古代优秀男子所表现出来的一切美好道德品质，在唐传奇中的女子身上，几乎都可以看得到：

1. 不求回报、救人困苦的善良和仁爱。《李娃传》中的李娃虽是风尘女子，却有情有义，用爱的力量支持和鼓励恋人重返上流社会，并且不求回报。

2. 为知己者效力甚至甘愿献身。《上清传》讲述的就是窦参的宠婢上清为报答他的恩情而帮他申冤雪耻的故事。

3. 路见不平、拔刀相助的义勇精神。

4. 弃暗投明、择主而侍的勇毅和正气。如《虬髯客传》中虬髯客看清形势，选择明主而侍。

❖ 惩恶仗义的神采美

1. 具有高超见识，始终表现出洞察时势的睿智。如《虬髯客传》、《李娃传》。

2. 具有超人的异能。主要表现在几个方面：第一，出神入化的武艺；第二，在非常境遇下具有超人的耐力；第三，在男性一筹莫展、百般无奈的情况下，能够凭借超人的才智和果敢的机智参与其中，筹谋划策，出奇制胜，在危急关头扭转形势。

第四节 唐传奇的艺术成就及影响

❖ 艺术成就

唐传奇的创作取得了较高的艺术成就。

首先，唐传奇在小说发展史上摆脱了六朝小说粗陈梗概的写法，对生活的描写和人物的刻画走向了细致化的艺术境地，注重生活细节的描写和人物的精神心理的展现，成功地塑造了众多的、具有性格化的人物形象，并且开始注意小说的审美价值和娱乐功能。

其次，唐传奇是"有意为小说"，因此在创作手法上较六朝志人的偏重写实增强了虚构性，较六朝志怪的偏重记述传闻增加了再创作性，作家真正开始自觉地进行艺术想象和艺术创造，而且在艺术构思、情节结构上，都取得了新的成就。

此外，唐传奇的细节描写、心理描写以及在语言、词采等方面也都取得了很大的成就。

◆ 唐传奇的影响

唐传奇是古典小说开始进入成熟阶段的短篇小说，却也存在一定的缺陷。譬如在史传文学为传奇的形成提供重要营养的同时，也就使传奇在采用史传的简洁笔法时省略了对环境的必要交代和对人物、故事情节的细致描述，有时更用归纳的方法写人物，这对小说而言，是带有缺陷性的；又譬如《云麓漫钞》写到士子欲以传奇显"史才、诗笔、议论"，说明在唐传奇作品中普遍存在议论成分，有的还夹杂诗篇，造成了小说文体的不纯。

尽管如此，唐传奇毕竟展开了一片崭新的艺术天地。通过虚构的故事和虚构的人物，更自由、更方便、更具体地反映了人们的生存状态和生活理想，从而影响了人们的生活趣味，在文学史上有着非常深远的意义。

对小说创作的影响

尽管中国古代叙事文学源远流长，但却一直是作为抒情文学的附庸存在的，未引起人们的重视。但是唐传奇开创了一代小说创作的新风气，从"辅教"到"有意为小说"，从"实录"到"作意好奇"，标志着小说创作自觉时代的开始。

唐传奇较六朝志怪有更为宏大的篇制，也建立了比较完整的小说结构，情节也较复杂，内容更偏于反映人情世态，在谋篇布局、事件安排、人物塑造、技巧运用等方面开始具有了自己鲜明的特色。由此，唐传奇宣告中国古典小说开始进入成熟阶段。

对题材的影响

由于唐传奇的兴起本身与民间文学有一定关系，在其发展过程中又不断地吸收民间的素材，使得文人创作在一定程度上契合了大众的要求，这对于文学的发展是有利的。我们看到，从写鬼神灵异、奇闻佚事走向现实生活，使小说表现的题材得到极大拓展。尤其是，在众多的传奇作品中，追求自由的爱情成为小说家写作的主题，妓女、婢妾这类低贱的社会成员成为作品歌颂的对象，这里面就反映着大众的心理。

唐传奇承前启后，对后世小说的发展也产生极大的影响。最显著的表现是在元明戏曲中，大量的戏曲家移植唐传奇的人物故事进行创作，诸如王实甫《西厢记》源于《莺莺传》，郑德辉《倩女离魂》取材于《离魂记》，石君宝《李亚仙诗酒曲江池》取材于《李娃传》，汤显祖《紫荆记》取材于《霍小玉传》等等，为中国古代一大批优秀的戏曲提供了基本素材。由此可见，唐传奇是中国小说发展史上的一个里程碑。

对文体的影响

唐传奇形成了独特的散文体式。这种体式较之六朝骈文，是自由的文体；较之唐代"古文"，又多一些骈丽成分和华美的辞藻。这样的特点对后代散文有一些有益的影响。

第六章

宋 元 话 本

话本小说是中国古典小说的一种，流行于宋元时期，因此又称为宋元话本。

第一节 话本的产生和类别

中国古代小说发展到了宋代，出现了一次重大的变化，就是由唐代的文言传奇转变到白话小说"话本"。从此，白话小说进入文坛，成为小说的主要形式。

❖ "说话"的兴起

话本小说之所以在宋代兴起与繁荣，与当时兴起的"说话"是分不开的。在宋代，经济更加繁荣，尤其城市的手工业和商业的发展，促进各行各业兴起，使市民阶层空前扩大。市民的文化娱乐生活也随之丰富起来。在当时的城市大众娱乐场所——瓦肆、瓦舍、勾栏，有一种以讲故事、说笑话为主的活动，即"说话"。

宋代的统治者也爱好并提倡"说话"，明代学者郎瑛在《七修类稿》中提到："小说起于仁宗朝，盖时太平日久，国家闲暇，日欲选一奇怪之事以娱之"。这种风气，一直延续到了南宋。

❖ "说话"与话本

宋代的"话",即故事;"说话",是说书人讲演各种类型、各种题材的故事;而"话本",就是说书人说话的底本。底本,是作为说话人推敲、复习、备忘和师徒间传授用的。在说的过程中,又经过艺人的不断删补、润色,写定传抄,最后刊印问世。

宋代"说话"分为四科:小说,说铁骑儿,说经,讲史。其中小说,包括烟粉、灵怪、传奇、公案等故事;说铁骑儿,是讲宋代的战争故事;说经,指演说佛经故事;讲史,是指评说前代史书中兴衰战争之事。

在四科当中,以讲史、小说最为繁荣。前者是使用浅近的文言;后者使用通行的白话。不仅说话人和听众最多,而且对后代影响也最大。宋代的讲史话本有《五代史平话》、《大宋宣和遗事》、《全相平话五种》等。这些话本以正史为主要依据,采入一些传说、异闻,同时也不免虚构,以增强吸引力。它们的情节往往较曲折,篇幅也较长。后代的历史演义小说正式由此演变而成的。小说的话本,就是宋代的白话小说,亦即"话本小说";讲史的话本,也叫平话,后发展为元代的长篇平话。

❖ 话本类别

话本是随着说话活动的日益兴盛而发展起来的。它是民间说话艺人的创作,因此具有口头文学清新活泼的特色;它又发扬了志怪、传奇等古代小说的优良传统,在思想性和艺术性上都有一定的成就。

"话本"这一称谓,在唐代已经出现。今存宋元话本常出现"话本说彻,且作散场"之类的套语,可见"话本"含有故事文本之义。而套语的出现,也说明"话本"在一定程度上已经"格式化"。大体而言,传世宋元话本可分为三类:

一类是叙事粗略、文字粗糙的说话艺人的底本，如《三国志平话》等。

一类是以说话艺人口述故事为主要内容的记录整理本，文字通顺，描写细致，叙事周详，可能出自当时的读书人之手，如《碾玉观音》等。

一类是文人依据史书、野史笔记、文言小说等改编而成的通俗故事读本，如《宣和遗事》等。

❖ 话本结构

话本小说因受唐代变文（一种说唱文学）的影响或因"说话"形式的需要，形成其独特的形式。一般一篇话本可分为三个部分，即入话、正文、结尾。

入话是指在篇首先讲几首诗词，稳定听众的情绪，在诗词之后往往讲述一个小故事，引出正文。

正文，话本小说的主体。以散文为主，其中也穿插一些诗词。散文主要是讲述故事；诗词则帮助描绘景色和人物，加强艺术感染效果。

话本的结尾一般以七言绝句作结，或点明主题，或评论故事，或以之劝诫。

第二节 话本的思想内容

话本小说是在市民中兴起发展起来的，大都表现市民生活及其追求自由和民主的理想。反对封建礼教，暴露社会黑暗，是其总的倾向。具体有以下几方面的内容.

1. 表现对爱情婚姻的追求。

青年男女反抗封建势力的压迫，追求婚姻自由、人身自由是宋元话本的一大主题。《碾玉观音》是其代表作，通过出身贫寒被卖到郡王府的女奴秀秀为争得自由，寻求美好生活所进行的一系列斗争的描写，表现了处于被压迫地位的女性对爱情的追求以及同封建统治者顽强斗争的意志，歌颂了他们纯洁、善良的心灵和反抗精神。作品情节曲折离奇，波澜起伏。秀秀的那种忠贞不渝的执著追求，大胆火热的性格，为爱情而牺牲的斗争精神，鲜活地留在了读者的心间。

2. 揭露官府昏庸、腐败的作品。

《错斩崔宁》是其中的代表作。这是一起典型冤狱案件，其主要内容是：刘贵因经商亏本而借钱十五贯，回家后戏其妾陈二姐，说是将她典出而得的。二姐信之，当晚离家出走，借宿于邻居朱三老儿家，次晨便回娘家以告父母。路遇卖丝青年崔宁，便结伴而行。岂知二姐借宿之夜，一贼入其家，杀刘贵，掠钱而去。事发之后，朱三老儿等邻人急追陈二姐，也从崔宁囊中搜出十五贯钱。于是官府就认定他们是奸夫淫妇，图财害命。结果两人都被屈打成招，被判处斩。它揭露了南宋黑暗的社会现实：官场腐败，庸吏敷衍，任情用刑，率意断案，草菅人命。该作品的意义，不仅告诫当代的官府，对案件不做细致的调查研究，只求一味的严刑逼供所带来的恶果，而且也警告后代的执法者要引以为鉴。

3. 反映民族矛盾和阶级矛盾。

比如，《杨思温燕山逢故人》就是写靖康之变的遗民杨思温于燕山元宵观灯触景生情追念汴京故国的故事，其中歌颂了郑意娘威武不屈、坚贞不渝的民族气节；《宋四公大闹禁魂张》写侠盗宋四公、赵正、侯兴等人在东京行侠仗义，打击为富不仁的守财奴，取笑官府等等，表现了下层人民反抗压迫的斗争精神。

第三节　话本的特色及艺术成就

由于话本来自民间，一开始就是以说书人的底本存在的，所以，它具有以下特色：

其一，要满足听众的文化娱乐需要，引起听众兴趣。

其二，题材内容上几乎都是反映现实生活的，尤其是市民阶级的生活。

其三，白话的运用，使作品通俗、易懂。

其四，作品故事性强、逻辑性强，有头有尾，线索清晰，情节生动曲折。

其五，注重人物命运的开展，刻画人物生动形象。

宋代的话本小说，在中国文学发展史上，以其独特的艺术形式，在文言与白话之间，高雅与庸俗之间，起着承前启后的作用。鲁迅说它"是小说史上的一大变迁"。它具有自己显明的艺术成就：

第一，它塑造了一大批社会最底层的小人物艺术形象，这是它最突出的成就。如《碾玉观音》中的秀秀，《错斩崔宁》中的崔宁和陈二姐，《快嘴李翠莲》中的李翠莲，《宋四公大闹禁魂张》中的宋四公、赵正、侯兴等等。在以往的作品中，这些小人物是难登文学大雅之堂的，然而他们成批地汇入话本，在曲折的情节跌宕中，显出了他们的个性，表达了他们的愿望，歌颂了他们正直和反抗的精神，这是中国小说史上的光辉开端。

第二，话本以通俗生动的口语代替文言，这也是它的突出成就。翻开话本，其时代的口语触目皆是。如"当下崔宁和秀秀出了府门，沿着河走至石灰桥"、"我肚里饥,崔大夫与我买些点心来吃。我受了些惊,得杯酒吃更好"(《碾玉观音》)。它开后世白话小说之先河,是元明清白话语言之先导。

第三,话本情节曲折,引人入胜。如《碾玉观音》中秀秀和崔宁的两次私奔,两次同居,两次被抓,其情节曲折回转,悬念迭出,扣读者心弦。这是之前小说中所罕见的。

总之,宋代的话本小说,以全新的人物形象,通俗的语言,反复曲折的情节等艺术形式,擢入了我国古代文学长长的画廊中,给后代的通俗小说开辟了道路。明清的短篇白话小说,无论在体裁、情节、语言、风格或是创造方法上,都受到了话本小说的直接影响。因此它在中国小说发展史上,起着开拓的作用。

第四节　唐传奇与宋元话本的异同

任何形式小说的形成与发展,必然受到前代小说的影响,宋元话本也不例外。它虽然在某些方面摆脱了唐传奇的局限和形式,但是我们仍然可以从中窥见唐传奇的影子。

❖ 两者的相同点

作品的虚构性

鲁迅曾说:"小说亦如诗,至唐代而一变……而尤显者在是时则始有意为小说。"这段话精确概括地指出了唐传奇是文人有意识地创作的小说,唐传奇的作者能比较自觉地借助小说的形式,通过完整的故事情节,塑造生动鲜明的人物形象,反映客观的现实,抒发理想。宋元话本也是在以正史为主要依据,介入一些传说、异闻,通过说话人的反复修改、润色而成。

他们都跳出了志怪小说写真人真事的圈子，加入了很多虚拟的东西，而且描写形象生动具体，情节细致曲折，常常一波三折，引人遐思。

作品的现实意义

在艺术方法上，唐传奇注重反映社会的主要矛盾，具有鲜明的现实性。比如沈既济的《枕中记》和李公佐的《南柯太守传》，这两篇传奇用虚幻的故事，形象地揭示了中唐时期的社会政治生活的复杂面貌，深刻的揭露了封建社会官场的黑暗和政治的险恶。话本中的《错斩崔宁》也通过崔宁和陈二姐被屈打成招、被处决，揭露了南宋黑暗的社会现实。

作品题材上的承接

唐传奇是以剑侠和恋爱为主的比较广阔的题材范围，对后代的才子佳人小说、侠义小说都有明显的影响。宋话本中的《李亚仙》、《莺莺传》、《黄粱梦》就是从唐传奇中演变而来的。

❖ 两者的差异

尽管宋元话本继承了唐传奇的一些内容，但更为明显的是它们之间的区别。

创作者不同

唐传奇几乎全是文人的创作。《枕中记》的作者沈既济，《柳氏传》的作者许尧佐，《南柯太守传》、《谢小娥传》的作者李公佐，《李娃传》的作者白行简，《唐国史补》的作者李肇，《莺莺传》的作者元稹，《玄怪录》的作者牛僧孺，……几乎都是位居高位的官员。

宋元话本的编写者和说唱者，多是卖艺人、落第书生。在《东京梦华录》、《梦粱录》、《武林旧事》中均有记载，宋代说书艺人有张山人、张本、酒李郎、故衣毛二、枣儿徐荣、张黑踢……从这些姓名即知，他们的身份应该是下层市民。宋元时代编写话本的一般是"书会"中的才人、科举失意的文人、低级官吏（如王伯成、沈和甫）、商人（如施惠）等。

语言艺术的突破创新

唐传奇与宋元话本在语言方面一个最为明显的区别就是：宋元话本第一次全面突破了以文言为主的小说用语的范畴，采用了为广大人民群众所能接受的白话语言来进行创作，开始了我国文学语言上的一个新阶段。

唐传奇的语言主要是继承古代散文、骈体文的优良传统，大量运用具有描写性质的形容词和骈偶语句，使作品显得精练准确，文辞华艳，表情达意恰到好处。如《柳毅转》中"天坼地裂，宫殿摆簸，云烟沸涌。俄有赤龙长千余尺，电目血舌，朱鳞火鬣，项擘金锁，千雷万霆，激绕其身，霰雪雨雹，一时皆下"；《南柯太守传》中描写山川景物，"山阜峻秀，川泽广远，林树丰茂，飞禽走兽，无不蓄之"。这些四言对句都写的活泼洒脱，刻画的细腻生动。

唐传奇中叙事性的语言也显得精练，要言不烦。如《枕中记》全文不过千余字，却写尽人生仕宦风波，荣辱得失，语言非常精练准确；描写性的语言也显得特别生动，《李娃传》中描写东西两肆比赛唱挽歌的场面，曾这样描叙"有乌巾少年，左右五六人，乘暴而至，即生也。整衣服，俯仰甚徐，申喉发调，容若不胜。乃歌《薤露》之章，举声清越，响振林木，曲度未终，闻者嘘唏掩泣。西肆长为众所诮，益惭耻"。作者用绘声绘色、惟妙惟肖的语言，把唱挽歌的神态举止、声调表情，乃至客观效果都逼真地刻画了出来，使我们有身临其境、耳闻目睹之感。

宋元话本则采用生动活泼的白话语言来叙事状物，这和唐传奇所使用的典雅的文言大不相同，它在民间口语的基础上吸收了一些文言的成分，经过提炼而形成一种新的文学语言，无论是叙事写景、抒情状物还是刻画人物的性格，都显得简洁明快，通俗生动。譬如《碾玉观音》中王府失火后秀秀与崔宁的一段对话：

秀秀道："当日众人都替你喝彩：'好对夫妻！'你怎地忘了？"崔宁又则应得诺。秀秀道："比拟只管等待，何不今夜我和你先做夫妻？不知你意下如何？"崔宁道："岂敢！"秀秀道："你知道不敢，我叫将起来，教坏了你。你却如何将我到家中？我明日府里去说！"崔宁道："告小娘子：要和崔宁做夫妻不妨；只一件，这里住不得了。要好趁这个遗漏，人乱时，今夜就走开去，方才使得。"秀秀道："我要和你做夫妻，凭你行。"当夜做了夫妻。

寥寥几句话，就把秀秀咄咄逼人的气势，大胆主动的性格，毫无羞涩之态的女子形象以及崔宁怯懦而又谨慎小心的性格活脱脱地写了出来。

此外，宋元话本还大量运用俗语、谚语。这些语言充满了市民气息，具有极强的生命力，面临危机的时候说的是"猪羊走入屠宰家，一脚脚来寻死路"（《错斩崔宁》）；说人脱离了困境是"鳌鱼脱了金钩钓，摆尾摇头再不来"（《错斩崔宁》）；而求人的难处则是"将身投虎易，开口告人难"（《杨温拦路虎传》）；还有一些谚语，比如"有心栽花花不开，无意插柳柳成荫"。这些带有特别规定性含义的谚语，具有一针见血、言简意赅的作用，给人鲜明深刻的印象。

题材内容上的更新

唐传奇基本上反映的是社会中上层所发生的事情，虽然一些优秀的作品也表现了进步的思想倾向，但作品的题材内容和审美情趣仍停留在了封建知识阶层的圈子里，与下层人民的需要有一段距离。

话本则是在下层社会中产生的，它不仅直接取材于市民的日常生活，反映市民的情感倾向，而且是站在市民的立场上来反映的。这样宋元话本就突破了唐传奇局限于社会中上层的圈子，塑造了一系列栩栩如生的下层市民的艺术形象，使下层人民特别是市民的形象第一次作为主角登上了小说作品的席位。

唐传奇的作者不少都是进士出身，比如许尧佐、李公佐、元稹、白行简、沈亚之等，他们的创作多以自身经历为蓝本，抒发个人的理想情趣。

宋元话本的产生是以市民阶层的兴起为依托的，无论是语言还是形式都以适合下层人民的需要为基础。说话艺人本身也是中下层社会的人，因而可以说，说话人的立场就是市民的基本立场，说话人的思想倾向反映着市民的思想。这样说话艺人的说话底本也必然反映的是下层社会的现实生活，即使是后来经过文人加工而成的话本，也仍然改变不了其主要的思想倾向。

思想更为深刻

与唐传奇相比较，小说话本的反封建意识更为强烈。市民作家们往往无视封建道德的权威，大胆地描写市民的爱与恨，写他们的反抗与追求。这其中以描写爱情婚姻的故事最为典型。以爱情婚姻为题材的作品，大都歌颂坚贞不渝的爱情，通过塑造一系列具有反抗精神的女性形象，反映出人民群众特别是妇女对爱情自由和婚姻自主的理想和愿望，同时表现了进步的思想倾向。

《霍小玉传》是现存唐人传奇中最早出现的站在被压迫、被凌辱的妇女立场上有力控诉谴责薄幸男子的作品，在客观上起了抨击封建礼教的作用。它描写了一个强烈追求爱情的娼门之女霍小玉被情人李益抛弃，最终饮恨身亡的故事。但作者在这一悲剧之后又讲述霍小玉阴魂不散，对李益进行报复的故事。霍小玉的鬼魂对李益负心行为的报复，代表了封建社会女性反抗男性压迫的斗争精神，具有积极的反封建的作用，但是她的报复行动是以与李益婚配的女子为对象，这就反映了作者思想上的局限性，没有认清到底是什么造成了封建社会妇女的悲剧。

宋话本中的《碾玉观音》也是写的爱情悲剧，但作品主人公——女奴秀秀为了争取人身自由、争取自主独立的婚姻，与封建势力顽强斗争，鞭挞了制造悲剧的咸安郡王的野蛮残暴，从而揭示了下层人民与封建统治者之间不可调和的矛盾，具有较深刻积极的意义。作品中的秀秀是一个主动、泼辣、坦率、真诚、毫无忸怩羞涩之态的女子，这是以往作品中从未有过的，在她身上表现出了出身下层市民的女性所特有的个性特色。她与唐传奇《莺莺传》中的莺莺相比，更大胆、更主动。莺莺和张生虽然一见钟情，但为封建礼教所束缚，处处掩饰自己的情感。莺莺在张生的积极主动追求之下，心情一直矛盾，甚至在私约张生幽会时又当面反悔。而秀秀在爱上崔宁后就主动大胆追求，当王府失火后，又设计促使崔宁下定决心与她做成夫妻，然后双双逃亡去过自由自在的独立生活。秀秀的逃亡，具有双重叛逆的性质，一是对封建婚姻制度伦理道德的背叛，一是对封建人身依附关系的背叛。后者具有非常深刻的反封建效果，我们知道咸安郡王已经答应了秀秀和崔宁的婚事，如果仅仅是追求一段美满的婚姻，他们大可以等待，而不必冒险，但是秀秀要的不仅仅是一段婚姻，她还要独立自主的生活，而待在王府里只能永远是奴婢，没有独立的人身自由，所以她选择了逃亡。但封建势力仍然很强大，他们没有逃脱咸安郡王的魔掌，可是即使失去了生命，秀秀的鬼魂却仍然怀着强烈的生活欲望和执著的爱去苦苦追求自己的理想。

从唐传奇中霍小玉、崔莺莺到宋话本的秀秀，反应出了她们在爱情婚姻上的不同之处，具有鲜明的时代特色。秀秀在追求婚姻爱情上如此大胆的言行和泼辣的性格与整个环境密切相关。在宋元时代，城市商业繁荣，市民意识兴起并由此而发生了一系列的变化，譬如对人的价值的追求，人的自由理想，人的性爱关系以及注重现实的享受，都成为人们不断思考的主题，正因为如此，秀秀的行动具有现实意义。

这样看来，宋元话本的反封建就更为深入，更加深刻，它面向更为广阔的社会下层，不仅抨击封建礼教，同时还试图摆脱封建人身依附关系，追求人身自由和平等。

叙事角度的转换

叙事角度是二十一世纪西方关于小说叙事模式的一个新理论。一般认为分为全知叙事和限知叙事。

全知叙事角度认为叙述者无所不在，无所不知，对人物的过去、现在和未来都了若指掌，并且可以任意透视人物的内心，有权利知道并说出书中任何一个人物都不知道的秘密；相对于全知叙事模式而言，把视角限制在一定的范围内，或采用某个人物的眼光来叙事就是限知叙事。

话本是说话人的底本，因此是诉诸听觉的艺术，而书面阅读的小说是通过视觉而诉之读者想象的，它们具有两种不同的心理学机制。

视知觉和听知觉尽管互相接近，互相联系，在某些范围内可以互相替代，但它在同人的想象、感情和思维的联系上却是相悖的。说与听，读与写是不同的审美关系，因而也必然构成不同的审美形式。

因此，凡是以说书体作为叙事体制的白话小说，无疑要采用全知全能或第三人称的叙事观点，即全知叙事。说书人在说书时时而是书中的角色，时而又跳出来以说书人的观念评议书中的人物和世态，与书融为一体，与听众直接交流，促膝谈心；而文言小说的作者所写的多为自己亲身经历的事情，亲闻或亲见，常常用第一人称叙事，就是采用限知叙事的角度。张鷟的《游仙窟》用"余"记叙自己的一段艳遇，"余以少娱声色，早暮佳期，历访风流，遍游天下"。李公佐的《谢小娥传》、沈亚之的《秦梦记》等传奇小说都是用的"余"或"予"这些第一人称来叙事。

艺术形象的塑造

作为文言小说的唐传奇，在塑造人物上更多的是接受史家笔法，用笔简括。对人物的描述也多拘泥于史实记载，以致小说中的人物多为粗线条式的，性格不够鲜明、集中。

话本小说则饱蘸笔墨，运用白描、细节描写、心理刻画等多种艺术手法，塑造出一个个栩栩如生的人物形象。以白蛇形象的演变为例，《博异志·李黄》中的白蛇有着美丽的容貌，"绰约有绝代之色"，却有一颗害人之心，是个似人似妖的怪物，性格不够典型；而话本《白娘子永镇雷峰塔》为了达到人物性格的完整、统一，摒除了白蛇的害人之心，精心刻画了一个勇于追求个性自由、善良而泼辣的市民女性形象。

话本小说善于塑造典型环境中的典型人物，而且人物性格描写深刻、细致，这些都是唐传奇难与之比拟的。

第七章 明 清 小 说

明清时期是中国小说史上的繁荣时期。从明代开始，小说这种文学形式充分显示出其社会作用和文学价值，打破了正统诗文的垄断，在文学史上取得了与唐诗、宋词、元曲并列的地位。

第一节 明清小说概述

中国古代的叙事文学，到了明清时期进入成熟期。明代小说代表了明代文学的最高成就，呈现出万紫千红的兴旺景象，并为清代小说艺术高峰的形成准备了充分的条件。如《三国演义》、《水浒传》、《西游记》、《金瓶梅》、《封神演义》都出现在明代。清代是中国古代小说全面成熟的时期，出现了《红楼梦》、《儒林外史》等伟大作品。从明清小说所表现的广阔的社会生活场景、丰硕的艺术创作成果和丰富的社会政治理想而言，明清小说无疑铸就了中国古典文学的最后的辉煌。

❖ 明清小说与传统文化

从思想内涵和题材表现上来说，明清小说最大限度地包容了传统文化的精华，而且经过世俗化的图解后，使传统文化以可感的形象和动人的故事走进了千家万户。传统文化给明清小说提供了丰富的养料，而明清小说又将传统文化发扬开来，在艺术形象和艺术细节的演绎中予以创造性的阐说。

史传文学是历史依傍

中国的史官文化异常发达，源自于"纪实"的传统小说。与史官文化有着血肉相连的史传文学使中国传统小说具有史传性这一重要的文学特征。尽管明清小说带有浓厚的市民文化色彩，但是也深深地受着史传文化的影响。这一影响具体表现在题材的史传性、观念的史传性、小说艺术的史传性等许多方面。

儒家文化的影响

中国古典小说受儒家思想的影响长久深远，几乎可以说，"惩劝教化"模式笼罩了整个封建时代的小说创作，在小说理论中，我们可以看到许多"惩劝教化"的学说。重视小说的教化作用在这一时期表现的尤为突出。

佛道思想的濡染

佛教自东汉末传入中国后，一直在文化形态上影响着文学创作。而道教是在中国本土上产生发展成长起来的宗教，它与古代小说有着密不可分的血肉关系，尤其在想象力和创造力方面，对古代小说影响深刻。佛道所创造的神仙境界，仙、道、妖、鬼等意象，奇谲变幻的仙道法术、因果报应的结构，以及由此孕育的小说母题，无疑为小说世界带来了奇光异彩。佛道思想使作家拓展了小说的描写空间，使小说中人物个性更丰富、更鲜明、更突出，小说情节更加奇谲变幻。

◆ 明清小说的内容

就题材而言，明清小说可谓是包罗万象，空前丰富。明清小说全方位地展现了明清时代的社会关系和生活方式，表达了人们的喜怒哀乐和理想追求。叙事文学和通俗文学的特点，使文学对社会生活的表现，达到了从未有过的宽度和深度。城市经济和市民阶层的凸起，新的价值观念和新的社会理想又给文学注入了新的思想内涵。

题材多样

题材丰富，内容多样是明清小说的突出特点。除了在民间流传孕育多年而经文人加工的历史演义、英雄传奇，以及用魔幻的方式反映生活的神魔小说外，小说作者的笔触更贴近了现实生活，直接描写社会世态人情。世情小说的出现，是小说题材上的重大突破，标志着小说创作进入了成熟发展的新阶段。

主要题材有：世情小说、历史演义、英雄传奇、神魔小说、讽刺小说、侠义公案小说。

世俗生活的全面展现

明清文学观念的演进，使世俗现实生活日渐成为小说关注的焦点，以现实生活为描摹对象，通过家庭、爱情、婚姻的纠葛变化、盛衰兴亡，来反映社会人际关系，展现时代风尚面貌，提供生动完整细腻的社会生活画卷，这是明清小说的突出贡献。主要反映内容有爱情婚姻，家庭盛衰方面的；官场黑幕，社会丑态方面的；科举礼教，人生百态方面的；日常生活，世情风貌等。

社会理想的全新探索

中国古代小说素有理想探索的传统，在唐代传奇和宋元话本中，往往通过幻想浪漫的手法，表达理想。明清小说作家在创作过程中，一方面力求真实地描摹世态，批判社会；一方面也探索社会出路，塑造理想人物，展现理想境界。两者相辅相成，表现出对社会现实人生的热忱关注。这一时期的思想主要表现在作家的社会政治理想、爱情婚姻理想、人伦关系理想等方面。

❖ 明清小说的艺术成就

明清小说时期，叙事艺术已趋向成熟和完美。过去那种故事式的作品已衍化为繁复的鸿篇巨制，其结构宏大精致，情节引人入胜，人物栩栩如生，语言丰富多彩，描绘多彩多样。文学的表现力达到了从未有过的完备，《红楼梦》的问世，标志着中国古典文学走到了它的巅峰。

完备精湛的叙事结构

作为叙事文学的典范作品，明清小说在叙述方式和情节结构上的成就不同凡响。无论是章回体的长篇小说，还是精巧绵密的短篇作品，都各有所长。历史演义题材、英雄传奇题材，结构宏伟，在尺幅之间，舒展历史风云，饱览英雄人物，探寻历史进程；世情题材则脉络清晰，精巧细密，逼真地反映现实生活，展示生活样貌。从事件结构到人物命运结构，从平铺直叙到立体交错，从单线纵深到全方位铺展，从主线突出到一线两描写都可以看出明清小说与以往的小说在结构上的不同之处。

性格丰满的人物形象

从历史传奇中人物刻画的类型化、平面化，到英雄传奇的个性凸现，直至世情小说注重平常人的典型性格的塑造，明清小说在人物形象刻画上成就非凡。将情节事件的发展与人物性格密切相连，细腻委婉地传递出了人物的情绪心声，在对比映衬中凸现出个性，描绘出人物的心灵成长史等等，是明清小说中独具风韵的人物表现形式，显示了叙事文学在人物塑造上的突飞猛进。

曲描细叙的艺术刻画

明清小说由以叙事为主，转向以描写为主，在艺术描写上渐趋细腻逼真，无论形象塑造、环境描写、细节刻画，还是人物心理情感的揭示，都力图描摹生活，笔参造化，追求洞察深微、见微知著的艺术感染力。这一时期的小说具有丝丝入扣的心理描写，逼真细致的环境描写和丰富具体的细节描绘。

第二节　白话小说艺术的巅峰——《红楼梦》

《红楼梦》不仅是我国古代小说的巅峰之作，也是世界文学经典巨著之一。它成书于 1784 年（清乾隆帝四十九年），属章回体长篇小说，作者是曹雪芹。

❖ 内容简介

开篇说："满纸荒唐言，一把辛酸泪！都云作者痴，谁解其中味？"且看作者给我们讲述了怎样的辛酸故事。

相传女娲炼石补天，所炼之石中有一块未用，便丢弃在了大荒山无稽崖青埂峰下。此石已通灵性，大小随心，来去任意，因未被选中补天常悲伤自怨。茫茫大士和尚、渺渺真人道士见此石头可爱，便将它携至"昌明隆盛之邦、诗礼簪缨之族、花柳繁华地、富贵温柔乡走了一道"。不知多长时间以后，空空道人经过这里，看见石上刻着它的那番经历，便从头到尾抄下，交与曹雪芹披阅增删、分出章回。以下便为主要内容。

姑苏阊门外有个葫芦庙，乡宦甄士隐（谐音"真事隐"）居住庙旁，可怜寄居庙内的穷儒贾雨村（谐音"假语存"），赠银让他上京赶考。元宵之夜，甄士隐的女儿甄英莲（谐音"真应怜"）被拐走；不久因葫芦庙失火，甄家又被烧毁。甄带着妻子投奔岳父，他的岳父又是个卑鄙贪财的人，不仅给他白眼，还把他仅剩的一点银子骗了过去。甄士隐"急忿怨痛"、"贫病交迫"，走投无路。一天，他拄着拐杖走到街上，突然看见一个跛足道人走过来，嘴里叨念着一些词句。士隐听了便问道人，知道是《好了歌》之后，便将《好了歌》解注了作答。经那道人指点后，甄士隐彻底醒悟，随跛足道人出了家。

贾雨村中进士，任县令，但由于贪财被革职，于是到盐政林如海家教林的女儿林黛玉读书。京城起复参革人员。贾雨村托林如海求岳家荣国府帮助使其能重新获得官职。林如海的岳母贾母因黛玉丧母，可怜她如此之小遭受丧母之痛，要接她去身边照料。林如海便托贾雨村送黛玉到京。贾雨村与荣国府联宗，并得林如海内兄贾政帮忙，受任于金陵应天府。

黛玉进荣国府，除见了外祖母外，还见了大舅母，即贾赦之妻邢夫人，二舅母，即贾政之妻王夫人，年轻而管理家政的王夫人侄女、贾赦儿子贾琏之妻王熙凤，以及迎春、探春、惜春和衔玉而生的贾宝玉。宝黛二人初见有似曾相识之感，但宝玉因见美如天仙的表妹黛玉没有玉，认为玉不识人，便砸自己的通灵宝玉，惹起一场不快。

贾雨村在应天府审的第一件案子就是薛蟠与冯渊争买玉莲，冯渊被打死。但贾雨村胡乱判案，放了薛蟠。

薛家"百万之富"，薛母乃王子腾之妹，与贾政夫人王氏一母所生。薛母要和王夫人"厮守几日"，于是住进贾府梨香院，女儿薛宝钗也一同前往。

京官后代王狗儿沦落乡间务农，因祖上曾和王夫人、凤姐娘家联宗，便让岳母刘姥姥到荣国府找王夫人打秋风。王熙凤在他们离开时，给了二十两银子。

薛宝钗曾得癞头和尚赠金锁治病，以后一直佩带。黛玉忌讳金玉良缘之说，常暗暗讥讽宝钗，警告宝玉。

贾珍之父贾敬放弃世职，离家求仙学道。他生日之日，贾珍在家设宴相庆。因林如海得病，贾琏带黛玉去姑苏，他的族弟贾瑞调戏凤姐，被凤姐百般捉弄，最终因相思成疾而死。

秦可卿病死，贾珍恣意奢华，不仅东西选上等，还花千两银子为儿子捐了个龙禁尉，以便丧礼风光。送丧途中，凤姐因贪图三千两银子，拆散了一对情人，使这对青年男女含恨自杀。

林如海死后，黛玉只得常住荣府。寄人篱下的凄凉感觉笼罩着她，常暗暗流泪，身体也更加虚弱。

贾政长女元春被册封为妃，皇帝恩准省亲。荣国府为了迎接典礼，修建了极尽奢华的大观园，又采办女伶、女尼、女道士。出身世家、因病而入空门的妙玉由此进入荣府。

元宵之夜，元春回到娘家，要宝玉和众姐妹献诗。袭人娇嗔说要离开宝玉，深感遗憾的宝玉求袭人别走，袭人趁机规劝宝玉读书"干正事"。宝玉和黛玉两小无猜，情意绵绵，却因有薛宝钗或其他小事常常争吵，但并没有因此而疏远，反而情感愈深。

宝钗过生日唱戏，小旦像黛玉，贾母娘家孙女史湘云口快说出，宝玉怕黛玉生气阻拦，结果惹得二人都生宝玉气。

元春怕大观园空闲，便让宝玉和众姐妹搬进居住。进园后，宝玉与众姐妹一起玩耍，更加放任自己。

为凤姐庆生辰，从贾母起，各人出分子办席。凤姐饮酒过多，想回家休息，撞到贾琏正勾引仆妇。凤姐哭闹，逼得仆妇上吊，贾母迫使贾琏向凤姐赔礼。

荣国府矛盾重重。贾环在宝玉处见到擦癣的蔷薇硝，想要些，宝玉丫环芳官却给贾环一些茉莉粉。赵姨娘到宝玉处大闹一场。芳官又给她干娘一些玫瑰露，引出她干娘的侄儿偷茯苓霜。几件事闹得大乱，险些打破仆人间的平衡。

正当宝玉生日欢宴时，贾敬吞丹丧命。尤氏因丧事繁忙，请来母亲和妹妹尤二姐、尤三姐帮忙。贾琏见二姐貌美，要作二房，偷居府外。二姐和贾珍原有不清白，贾珍还想搅浑水，贾琏又想把三姐给贾珍玩弄。尤三姐却正气凛然，将珍、琏大骂，并说自己已有意中人，即毒打薛蟠的柳湘莲。贾琏为柳提媒，柳答应。到京城后，柳先向三姐之母交订礼，遇宝玉闲谈尤氏一家而起疑，又去索礼退婚。尤三姐不堪受辱，自刎而死，柳愧疚而出家。

凤姐知道贾琏偷娶之事，假装贤惠，将二姐接进了贾府，请贾母等应允。贾琏回来，因办事好，贾赦赏一妾。凤姐借妾手逼尤二姐吞金而亡。

粗使丫鬟傻大姐在园中拾到绣有春宫画的香囊，被邢夫人撞见，借机难为当家王夫人。王夫人大怒，在王善宝家的撺掇下抄检大观园，王熙凤挂帅，惜春胆小懦弱，在看见从入画（惜春的丫鬟）箱中搜出来男人（其实是入画哥哥）的袜子时，便不分青红皂白嚷着要处罚入画；探春大闹、又因王善宝家的掀她衣，而怒扇王善宝家的一耳光。晴雯被王夫人赶出，抱恨而死，贾宝玉无可奈何，写《芙蓉诔》祭她。

薛蟠娶妻夏金桂后，在夏的调唆下，毒打香菱，薛姨妈不准。夏金桂和婆婆吵闹不休使得薛蟠离家外出。

以上为曹雪芹原著稿内容梗概，之后由于原著散失，内容不可知。为了使读者更了解《红楼梦》，一些文人探讨了它的结局，目前被广泛接受的大致结局为：四大家族没落，黛玉泪尽而死，元春在宫中暴毙，迎春误嫁孙绍祖被折磨致死，探春远嫁，惜春出家，王熙凤死，巧姐为刘姥姥救出后嫁给了板儿，香菱死，袭人嫁给蒋玉菡。

❖ 《红楼梦》主要人物介绍

贾宝玉

由神瑛侍者脱胎而成，对绛珠仙草有灌溉之恩，因此有还泪一说，出生时口含一块玉，是贾府的宝贝，他曾说"女子都是水做的骨肉"，从小在女儿堆里长大，喜欢亲近女孩儿，讨厌男人，与林黛玉的爱情是世间少有的纯纯之爱。他性格的核心是平等待人，尊重个性，主张各人按照自己的意志自由生活。在他心眼里，人只有真假、善恶、美丑的划分。

林黛玉

金陵十二钗之一，林如海与贾敏的女儿，因父母先后去世，又无亲生兄弟姊妹做伴，外祖母怜其孤独，接来荣国府扶养。虽然她是寄人篱下的孤儿，但她生性孤傲，天真率直，和宝玉同为封建的叛逆者，从不劝宝玉走仕官道路，她蔑视功名权贵，当宝玉把北静王所赠的圣上所赐的名贵念珠一串送给她时，她却说："什么臭男人拿过的，我不要这东西！"她和宝玉有着共同理想和志趣，真心相爱，但这一爱情得不到封建顽固势力的支持，最后泪尽而逝。

林黛玉天生丽质，是个内慧外秀的女性，书中写到"两弯似蹙非蹙罥烟眉，一双似喜非喜含情目。态生两靥之愁，娇袭一身之病。泪光点点，娇喘微微。闲静时如姣花照水，行动处似弱柳扶风。心较比干多一窍，病如西子胜三分"。尽现了黛玉迷离、梦幻、病态、柔弱、动静交融的美丽和气质。

薛宝钗

金陵十二钗之一，薛姨妈的女儿，家中拥有百万之富。她容貌美丽，肌骨莹润，举止娴雅，热衷于"仕途经济"，常劝宝玉与官员攀交，谈讲谈讲仕途，却被宝玉背地里斥之为"混账话"；她恪守封建妇德，城府颇深，能笼络人心，得到贾府上下的夸赞；她挂有一把錾有"不离不弃，芳龄永继"的金锁，薛姨妈放风说："这金锁要拣有玉的方可配"，在王夫人、薛姨妈等人的操办下，贾宝玉被迫娶了薛宝钗为妻。贾府没落后，宝玉出家。薛宝钗独守空闺，抱恨终身。

王熙凤

金陵十二钗之一，贾琏之妻，王夫人的内侄女。她长着一双丹凤三角眼，两弯柳叶吊梢眉，身量苗条，体格风骚；她精明强干，深得贾母和王夫人的信任，担任贾府的大管家。她高居在贾府几百口人的管家宝座上，口才与威势是她谄上欺下的武器，攫取权力与窃积财富是她的目的。她极度贪婪，除了索取贿赂外，还依靠迟发公费月例放债，翻出几百甚至上千的银子的体己利钱。王熙凤的所作所为，无疑加速了贾家的败落，最后落得个"机关算尽太聪明，反算了卿卿性命"的下场。

贾巧姐

金陵十二钗之一，贾琏与王熙凤的女儿。因生在七月初七，刘姥姥给她取名为"巧姐"。巧姐从小生活优裕，是豪门千金，但在贾府败落、王熙凤死后，被贩卖，紧急关头，得到刘姥姥帮忙，脱离了苦海，后来嫁给了板儿为妻。

贾探春

金陵十二钗之一，贾政与妾赵姨娘所生，贾府三小姐。她精明能干，有心机，能决断，连王夫人与凤姐都让她几分，有"玫瑰花"之诨名。她的封建等级观念特别强烈，所以对处于婢妾地位的生母赵姨娘轻蔑厌恶，冷酷无情。抄检大观园时，她为了在婢仆面前维护作主子的威严，"令丫环秉烛开门而待"，只许别人搜自己的箱柜，不许人动一下她丫头的东西。"心内没有成算的"王善保家的，不懂得这一点，对探春动手动脚的，所以当场挨了一巴掌。探春对贾府面临的大厦将倾的危局颇有感触，她想用"兴利除弊"的微小改革来挽救，但无济于事，最后含恨远嫁他乡。

贾元春

金陵十二钗之一，贾政与王夫人之长女，自幼由贾母教养。作为长姐，她在宝玉三四岁时，就已教他读书识字，虽为姐弟，有如母子，后因贤孝才德，选入宫中作女吏，不久，封凤藻宫尚书，加封贤德妃。贾家为迎接她回来省亲，特盖了一座省亲别墅——大观园。元妃虽给贾家带来了"烈火烹油，鲜花著锦之盛"，但她却被幽闭在皇家深宫内。省亲时，她说一句，哭一句，把皇宫大内说成是"终无意趣"的"不得见人的去处"。这次省亲之后，元妃再无出宫的机会，后暴病而亡。

贾惜春

金陵十二钗之一，贾珍的妹妹。因父亲贾敬一味好道炼丹，别的事一概不管，而母亲又早逝，便一直在荣国府贾母身边长大。由于没有父母怜爱，养成了孤僻冷漠的性格，心冷、嘴冷。抄检大观园时，她咬定牙，撵走毫无过错的丫环入画，对别人的流泪、哀伤无动于衷。四大家族的没落命运，三个本家姐姐的不幸结局，使她产生了弃世的念头，后出家为尼。

贾迎春

金陵十二钗之一，是贾赦与妾所生的，贾府二小姐。她老实无能，懦弱怕事，有"二木头"的诨名。她不但作诗猜谜不如姐妹们，在处世为人上也只知退让，任人欺侮。她的攒珠、垒丝、金凤首饰被下人拿去赌钱，也不追究，别人设法要替她追回，她却说："宁可没有了，又何必生气"。她父亲贾赦欠下孙家五千两银子还不出，就把她嫁给孙绍祖。出嫁后不久，她就被孙绍祖虐待而死。

李纨

金陵十二钗之一，贾珠之妻，生有儿子贾兰。她出身金陵名宦，父亲李守中曾为国子祭酒。她从小就受父亲"女子无才便是德"的教育，以认得几个字，记得前朝几个贤女便了，每日以纺织女红为要。贾珠不到二十岁就病死了，李纨就一直守寡，虽处于膏粱锦绣之中，竟如"槁木死灰"一般，一概不闻不问，只知道抚养亲子，闲时陪侍小姑等女红、诵读而已。她是个恪守封建礼法的贤女节妇的典型。

妙玉

金陵十二钗之一，苏州人氏。她祖上是读书仕宦人家，因自幼多病，得入了空门才好，故一直带发修行。她父母已亡，身边带着两个老嬷嬷，有一个小丫头服侍。她极通文墨，极熟经典，十七岁时随师父到长安都修行，师父圆寂后，被贾家请入栊翠庵带发修行，但她"欲洁何曾洁，云空未必空"。她在贾府败落后，被强人用迷魂香闷倒奸污，劫持而去。

秦可卿

金陵十二钗之一，贾蓉之妻。她是营缮司郎中秦邦业从养生堂抱养的女儿，小名可儿，大名兼美。她长得袅娜纤巧，性格风流，行事温柔和平，深得贾母等人的欢心。但公公贾珍与她关系暧昧，年轻早夭。

史湘云

金陵十二钗之一，是贾母的侄孙女。虽为豪门千金，但她从小父母双亡，由叔父史鼎抚养，婶婶对她并不好。她的身世与林黛玉有些相似，但心直口快、开朗豪爽、爱淘气，甚至敢于喝醉酒后在园子里的大青石上睡大觉。她襟怀坦荡，从未把儿女私情放在心上，后嫁与卫若兰，婚后不久，丈夫即得暴病而亡。

贾母

贾代善之妻，出嫁前为金陵世家史侯的小姐。她在贾家从重孙媳妇做起，一直到有了重孙媳妇。她凭着她的精明能干，稳坐贾家最高统治者的位置。她虽已年老，也不管家，但威严犹在。当她发现有下人在园中聚赌时，便立即一一查实，并作严厉的处罚。她是个典型的享乐主义者，她的儿孙成了淫棍和赌徒，只要他们不来搅扰她的享乐，也是不干涉的。她不大喜欢大儿子贾赦和大儿媳邢夫人，偏爱小儿子贾政和小儿媳王夫人。她喜欢众孙女，溺爱孙子宝玉，以八十三岁高龄去世。

贾政

贾母的次子，任工部员外郎。他是儒家统治思想的化身。对贾宝玉的叛逆思想大为不满，动不动就骂他"畜生"、"该死的奴才"，曾亲自抡起大板子朝宝玉狠命打去，随后还要用绳子来勒死他，幸好被贾母及王夫人拦阻下来。他是一个典型的伪君子，满口的仁义道德，宽柔待下，但实际上他对奴隶的训斥却是："等我闲一闲，先揭了你的皮！"当外甥薛蟠打死人时，他公然徇情枉法；对贪赃暴虐的贾雨村，却最是热衷与其来往；在外放江西粮道时，他纵容手下人横行不法，公然纳贿。他无能又孤独，儿女亲属相聚谈笑间，他的出现就会让大家敛声屏息，弄得索然无味，致使贾母也不得不"撵他出去休息"。当锦衣军来抄检贾府时，他又只会"跪在地下磕头"，"心惊肉跳"地跺脚长叹。

贾珍

贾敬之子，世袭三品爵威烈将军。他生活极度放纵，虽有一妻二妾，但仍和儿媳秦可卿、妻妹尤二姐关系暧昧。秦可卿死后，是他流泪向王夫人请求让王熙凤料理丧事，让她"爱怎么办就怎么样办"，恣意奢华。为了丧礼风光些，他特意花一千两银子为儿子贾蓉捐了个五品龙禁尉。后因作恶多端，被人参奏革去了世职，派往海疆效力赎罪。

贾敬

宁国公贾演的孙子，京营节度使世袭一等神威将军贾代化的次子，是丙辰科进士，却一味好道，在都外玄真观修炼，烧丹炼汞，别的事一概不管，放纵家人胡作非为。后因吃秘制的丹砂烧胀而死。死后天子追赐他五品之职。

贾琏

贾赦之子。他捐了个同知的官位，但不务正业，住在叔父贾政家里，和妻子王熙凤帮着料理荣府家务。他一味好色纵欲，是个典型的纨绔子弟。

贾蓉

贾珍之子。他原为监生，妻子秦可卿死后，为了在丧礼上风光些，父亲贾珍花了一千两银子给他捐了个五品龙禁尉，后娶胡氏为妻。他和他父亲贾珍一样荒淫无耻。由于他和父亲作恶多端，被人参奏，在宁国府被查抄后依附荣府生活。

贾赦

贾母的长子，世袭一等将军之职。后因交通外官，仗势凌弱，革去世职，发往边疆充军。

王夫人

贾政之妻，京营节度使王子腾之妹，与薛姨妈是一母所生的姐妹。她虽是贾家的二儿媳，也不太说话，但深得贾母的信任。她虚伪残酷，因为丫环金钏和宝玉的一句玩笑话，就将金钏一个巴掌"打得半边脸火热"，还把她撵了出去，致使金钏儿投井身亡。金钏儿死后，她却流下伪善的眼泪，并向宝钗说，金钏儿前日把她的一件东西弄坏了，一时生气，打了她两下子而已。宝玉的丫环晴雯，因蔑视王夫人为笼络丫头们所施的小恩小惠，也遭到她的残酷报复，在晴雯"病得四五日水米不曾沾牙"的情况下，硬把她"从炕上拉了下来"，撵出了大观园，致使其当夜就悲惨地死去。但王夫人向贾母回话时却说晴雯又懒又淘气，且得了女儿痨，这才送出大观园的。

邢夫人

贾赦之妻。她禀性愚弱，只知奉承贾赦，家中一应大小事务，俱由贾赦摆布。出入银钱，一经她手，便克扣异常，娄取财货。她不靠一人，不听一言，故甚不得人心。她作为贾家的大儿媳，却得不到婆婆贾母的欢心，也没有当家的权力，自己的媳妇王熙凤又一味奉承贾母与王夫人，这使她极为不满。她一直伺机反扑，不时给她们制造难堪。当她发现傻大姐拾得的五彩绣香囊时，便以此作为武器，打发人交给王夫人，把王夫人"气了个死"，由此引起了抄检大观园。

尤二姐

尤氏继母带来的女儿。她模样标致且温柔和顺，因贾珍馋涎其美貌，便遭到了他的玩弄，后被贾琏偷偷娶为了二房，并安置在荣国府外。王熙凤发现后，在她的借剑杀人计谋下，尤二姐备受折磨。当胎儿被庸医打下后，她绝望地吞金自尽了。

尤三姐

尤氏继母带来的女儿，尤二姐的妹妹。她模样儿风流标致，又喜爱打扮，有一种万人不及的风情体态。贾珍、贾琏、贾蓉等好色之徒，都对她颇为馋涎，但尤三姐不愿像姐姐那样遭人玩弄，她用泼辣作为武器，捍卫自己的清白。她看中柳湘莲后，就一心一意等他。但因柳湘莲误听他人传言，怀疑尤三姐，并索回定礼，刚烈的尤三姐在奉还定礼时拔剑自刎。

袭人

原名花蕊珠。小时因家里没有饭吃，老子娘快饿死了，才把她卖给贾府做丫环。她一开始服侍贾母，后服侍史湘云。因贾母恐宝玉之婢不中使，又把她给了宝玉，宝玉把她改名为袭人。她身子细挑，长脸儿。她的所作所为合乎当时的妇德标准和礼法对奴婢的要求，主子命令她服侍谁，她的心里便唯有谁。她不时规劝宝玉要读书博取功名。宝玉挨打后，她乘机在王夫人面前进言，大谈宝玉"男女不分"，建议"叫二爷搬出园外来住"，吓得王夫人"如雷轰电掣的一般"，也因此取得了王夫人的信任，把她升为了"准姨娘"待遇，被晴雯斥为"哈巴狗儿"。宝玉出家后，她嫁给蒋玉函。

香菱

薛蟠之妾，原名甄英莲，是甄士隐的女儿。三岁那年元宵，在看社火花灯时被骗子拐走，十二三岁时，被薛蟠强买为妾，改名香菱。她生得袅娜纤巧，做人行事温柔安静，薛蟠之妻夏金桂极为嫉妒她，因此备受夏金桂的折磨，不仅名字被改为秋菱，还险遭谋害。

晴雯

从小被卖给贾府的奴仆赖大家为奴。赖嬷嬷到贾府去时常带着她，贾母见了喜欢，赖嬷嬷就孝敬了贾母。她长得风流灵巧，眉眼儿有点像林黛玉，口齿伶俐，针线活尤好。在奴仆中，她的反抗性是最强的，她蔑视王夫人为笼络小丫头所施的小恩小惠；嘲讽向主子讨好邀宠的袭人是"哈巴狗儿"；抄检大观园时，唯有她"挽著头发闯进来，'豁啷'一声将箱子掀开，两手提著底子，朝天往地下尽情一倒，将所有之物尽都倒"，还当众把狗仗人势的王善保家的痛骂一顿。当然，她的反抗遭到了残酷的报复。王夫人在她病得"四五日水米不曾沾牙"的情况下，将她从炕上拉了下来，硬给撵了出去。当夜，她便悲惨地死去了。宝玉深感哀伤，特作《芙蓉诔》，祭奠之。

❖ 《红楼梦》的主题内容和艺术特色

《红楼梦》是我国古典小说的艺术高峰，具有很高的思想价值和艺术成就。

1. 《红楼梦》的主题内容主要包括以下四个方面：

（1）通灵宝玉与叛逆主题——贾宝玉的形象。

（2）木石金玉与爱情主题——贾宝玉的爱情婚姻悲剧。

（3）四大家族与政治主题——贾府衰败的历史命运。

（4）色空观念与人生主题——"分骨肉"、"世难容"、"聪明累"、"虚花语"。

2. 《红楼梦》的艺术特色主要体现在结构、语言和对人物的塑造三个方面。

从结构方面来看，具有以下特色：

（1）多线条叙事

中国古典小说一般都是单线式的结构，人物、故事大都是沿着一条线索向前发展；要不就是先以某人某事为中心展开情节故事，等此人此事告一结束，再接着写另外一人一事。这种单线式的结构是一种较为常见的艺术手法。它的优点是单纯流畅，不蔓不枝；缺点是容易显得单薄，缺乏层次，不能同时展现出生活的广阔性和多面性。

《红楼梦》在艺术上却是采取的多线结构。它以贾宝玉作为全书的主人公，并以主人公的爱情婚姻悲剧作为贯串全书的情节故事。但是，整个小说并不是仅仅沿着这条线索发展，还描写了以贾府为首的封建四大家族的衰亡过程，其中又集中描写荣国府。不妨说，这也是贯串全书的一条线索。它与前一条线索互成经纬地交织在《红楼梦》里。从主人公的爱情婚姻悲剧来看，关于荣国府的各种描写，成为产生这一人物及其悲剧的典型环境。而从荣国府这一方面来看，主人公的爱情悲剧又是发生在这个贵族家庭中的许多事件中的一件。除了以上所说，《红楼梦》还交织着其他许多各有起讫，自成一面，和整体交相联系的人物和事件。如甄士隐的穷衰潦落，尤三姐的爱情悲剧，贾雨村的宦海浮沉等等。

（2）精妙的伏笔

《红楼梦》的伏笔俯拾皆是，每每被脂砚斋《红楼梦》早期抄本的一个批语作者指出，并且赞不绝口，说它是"草蛇灰线，伏脉千里"。其方法主要体现在以下几个方面：

第一，故事情节采用穿插法。比如小红与贾芸的故事，在二十四回里，用小红遗帕这件小事给人留下一个悬念，接着又用丫头们之间的喁喁絮语岔开。到二十六回里，小红与贾芸在蜂腰桥相遇，四目相对，语言留情，接着却又写贾芸去见宝玉，以下又转入"潇湘馆春困发幽情"的描写。在第二十七回，本来写宝钗去找黛玉，却因一双玉色蝴蝶而被逗引到了滴翠亭前，听到了小红与坠儿的谈话，接上了红、芸二人的故事。可是紧接着就是凤姐在山坡上招手叫小红去取工价银子，故事又中断了。《红楼梦》中的故事就是这样互相穿插，曲折多致，使人目送手接，无暇他顾。

第二，人物性格用点染法。在《红楼梦》中写了四百多个人物，其中形象鲜明的就有四十多个，这是一个十分庞大的人物群。曹雪芹对刚进入结构或进入结构不久的人物，先用淡淡的笔墨略事点染，给人物性格上点底色。然后再浓笔重抹，这样就容易使人物富有立体感，而且对人物性格起到了伏笔的作用。比如在第三回里，王熙凤第一次上场利用赞黛玉而恭维贾母的细节，对王熙凤后来在贾母面前以承欢取乐为能事的性格侧面就起到了点染的作用；又如在第七回里，王熙凤去宁府赴宴，要见秦钟，尤氏笑道："罢罢，可以不必见，他比不得咱们家的孩子们，胡打海摔的惯了。人家的孩子都是斯斯文文惯了。乍见了你这破落户还被人笑话死了呢。"凤姐笑道："普天下的人我不笑话就罢，竟叫这小孩子笑话我不成！"贾蓉笑道："不是这话，他生的腼腆，没见过大阵仗儿，婶子见了没的生气。"凤姐啐道："他是哪吒，我也要见一见。别放你娘的屁了，再不带去，看给你一顿好嘴巴子。"这一段描写，对凤姐在平辈和下辈面前那种为所欲为的"辣子"性格也是一个点染。脂砚斋就在此批道："此等处写阿凤之放纵，是为后回伏线。"宴罢，凤姐和宝玉要回去了，这回书本来可以在此结束。可曹雪芹却利用这个空挡，不仅写了焦大的骂,而且写了凤姐对此骂的态度:"我何曾不知这焦大!倒是你们没主意,有这样,何不打发他远远的庄子上去就完了?"这淡淡一笔,又点出了凤姐在奴才面前的杀伐决断。又比如对林黛玉的性格刻画,当周瑞家把宫花送到黛玉那儿时,黛玉问:"是单送我一个人的,还是别的姑娘们都有?"周瑞家的道:"各位都有了,这两支是姑娘的了。"黛玉便冷笑道:"我就知道,别人不挑剩下的也不给我。替我道谢罢!"本来周瑞家的送宫花只是抄近路走,并未分谁先谁后,黛玉却戗得她"一声儿不言语",这一笔略事点染,便起到了为黛玉的小性儿性格打底色的作用。又如第八回宝玉去梨香院探宝钗的病,作者写宝玉眼中的宝钗是:"……看来不觉奢华,唇不点而红,眉不画而翠,脸若银盆,眼若水杏,罕言寡语,人谓藏愚,安分随时,目云守拙"。这同样也是在为宝钗的性格打底色。此外,如关于"冷香丸"的描写,行酒令时宝钗抽得的"任是无情也动人"的诗签,都对宝钗的性格起到了点染的作用。

《红楼梦》中像这样的例子比比皆是,可以说凡是重要人物的描写,都是先点染而后浓抹的。

第三,人物结局擅用暗示法。曹雪芹既要让他笔下的人物在规定的情节中活动,又要将人物性格的逻辑轨道告诉读者,在这种矛盾中,曹雪芹找到了结构的"秘密",那就是采用暗示。譬如,薛宝钗元宵节制的春灯谜诗中有一句"恩爱夫妻不到冬",这就既符合谜底"竹夫人"的情况,又对宝钗的结局起到了暗示的作用,所以贾政听了觉得它是"谶语",满腹狐疑。再如,第七回周瑞家的送宫花送到惜春那儿,惜春笑道:"我这里正和智能儿说,我明儿也剃了头,同他作姑子去呢。可巧又送了花儿来,若剃了头,把这花可戴在那里!"惜春的话是随口说出来的,但却将后半部线索提出,暗示她将来出家的结局。还有宝玉对黛玉说的"你死了，我做和尚去"也是如此。

《红楼梦》中大量暗示法的运用，不仅是曹雪芹对小说结构艺术的贡献，而且也成了考证八十回后佚稿的重要依据之一。暗示之妙，可谓是遗泽深远。

从语言方面看，《红楼梦》的语言艺术成就，代表了我国古典小说语言艺术的最高峰。其基本特色是：

（1）简洁

《红楼梦》从第六至第八十回至少写了五个年次，在这么长的时间里，有许多情节、场景的转换，只有叙述得当，连接转换得恰如其分，才能使整部书浑然一体。像《红楼梦》这么长的篇幅能使读者不觉其烦，不觉其散，正是靠运用简洁的连接语言，使情节自然转换、过渡的关系。如秦可卿之死，作者未写秦氏临终前的情形，只写其托梦给王熙凤的几句话，死后盛大的丧葬场面；对宝玉好友秦钟的死，作者仅写出：话说秦钟既死，宝玉痛哭不已，李贵等好容易劝解半日方住，归时犹是凄恻哀痛。贾母帮了几十两银子，外又另备奠仪，宝玉去吊纸。七日后便送殡掩埋了。别无记述，几句话就自然地结束了一个主要人物的结局。

（2）善用俗语诗文

运用俗谚，是话本以来的语言传统，《水浒传》、《金瓶梅》运用俗谚都比较出色，《红楼梦》则更上一层楼。《红楼梦》的语言非常贴切人物性格，也符合人物的身份和事物的本质。如"拔一根寒毛比咱们的腰还粗"就是刘姥姥说的话，这样的通俗之语和她的形象就非常符合。

《红楼梦》有诗的意境，这主要是由于作者在书中纯熟地穿插了许多诗词韵文，其中一大部分是作者自己制作，也有一部分是因情节需要，引用前人的句子。《红楼梦》中的诗词韵文同样是独树一帜，不拘一格，里面既有严谨的格律诗，又有长篇的歌行体，有同题诗、二人联诗、多人联诗，有词有曲，还有歌谣、酒令、辞赋、骈文以及灯谜、对联、谶文、偈语等，使得全书充满浓郁的文化气氛。这些诗文又都是因情节的需要而出现的，并不是可有可无的。林黛玉、薛宝钗、史湘云的许多诗作就显示了她们的才女形象和精神状态；贾宝玉的《四时即事诗》体现了他"富贵闲人"的生活；香菱的三首《吟月诗》概括了她学诗的过程；大观园内的许多联语使这座园子更显富丽雅致。

从对人物的塑造方面看，主要表现在：

（1）《红楼梦》善于通过日常生活反复细致的描写来表现人物的性格。从任何细节描写中，都可以看到人物不同的性格特点。比如：凤姐总是那么奸诈泼辣，黛玉总是那么伤感却又尖刻，宝钗则是表面上庄重平和而又处处可见城府。这些不同的性格都是由于人物各自的不同出身、不同教养、不同经历、不同地位、不同思想所造成的。

（2）在《红楼梦》中还通过大事件、大场面，把人物安置在生活冲突的漩涡里，用人物自己的言行，鲜明突出地表现人物的性格和精神面貌。抄检大观园就是一个很好的例子，这是封建统治势力向它的反抗者进行的一次集中的大镇压，通过这个尖锐的矛盾冲突，成功地刻画了许多人物。指使和筹划了这一次大抄检的王夫人，无疑是封建统治阶级的维护者；冷漠旁观的凤姐则是按自己的利益选择依附的势力者。随着抄检，我们看到了园子里众多人物的不同表现：甘心投靠封建统治阶级的袭人毫不介意地接受了检查；晴雯则坚决抗拒；紫鹃冷静平和，但显然带着很大的反感；因是庶出而要特别维护自己尊严的探春则满腔怒气；惜春胆小怕事，唯恐连累自己；司棋的敢作敢为，坚强自信等等。

由于以上各方面的卓越的成就，使《红楼梦》无论是在思想内容上或是艺术技巧上都具有自己崭新的面貌，具有永久的艺术魅力，使它足以卓立于世界文学之林而毫不逊色。

第三节　古典短篇小说艺术的巅峰——《聊斋志异》

《聊斋志异》，简称《聊斋》，俗名《鬼狐传》，清代短篇小说集，是蒲松龄的代表作，在他40岁左右时基本完成，此后不断增补和修改，是我国古典短篇文言小说的巅峰之作。"聊斋"是他的书屋名称，"志"是记述的意思，"异"指奇异的故事。全书共有作品491篇。

《聊斋志异》题材广泛，内容丰富，艺术成就也很高。它成功地塑造了众多的艺术典型，人物形象鲜明生动，故事情节曲折离奇，结构布局严谨巧妙，文笔简练，描写细腻，堪称中国古典短篇小说之巅峰。

❖　《聊斋志异》的内容

《聊斋志异》共有短篇小说491篇，题材非常广泛，内容极其丰富。从素材的搜集到创作、修改，历时数十年，三番五次地修改终于成稿。

《聊斋志异》的故事主要来源于两方面：一是蒲松龄收集的民间传说和他的亲身经历，二是前代的小说和戏曲故事。

总的来说，蒲松龄的《聊斋志异》从内容题材上划分，大致可以分为以下五大部分：

1. 反映社会黑暗，揭露和抨击封建统治阶级压迫、残害百姓罪行的作品。

这类作品有的借梦境来抒写，如《梦狼》中以白翁的梦境和白翁次子的现实见闻两相对照，深刻揭露了封建官府吃人的本质，并大胆而尖锐地指出："天下之官虎而吏狼者，比比也"；有的借阴间影射阳世现实生活，如《席方平》中通过席方平魂赴地下、代父申冤的曲折故事，写了官吏的贪赃枉法，人民含冤莫伸。作品虽写幽冥，其实是现实生活的投影。此外，如《公孙九娘》、《野狗》等反映清朝统治者对无辜人民的血腥屠杀；《乱离二则》写清兵把打仗时俘获的妇女"插标市上，如卖牛马"野蛮行径，也具有现实的批判意义；如在《促织》中是通过成名一家为捉一头蟋蟀"以塞官责"而经历的种种离合悲欢，从一个侧面暴露了封建统治者的荒淫昏庸。还有《红玉》、《梅女》、《续黄粱》、《窦氏》等。

2. 反对封建婚姻，批判封建礼教，歌颂青年男女纯真的爱情和为争取幸福而斗争的作品。

（1）具有深刻的社会内容。《聊斋》中的爱情故事，其结局无论悲剧还是喜剧，人们都能循着故事发生发展的线索，窥见其中蕴含的尖锐的社会矛盾和阶级矛盾，如《婴宁》、《晚霞》。

（2）具有崭新的爱情观。一是鼓吹"真心至情"，如《阿宝》、《香玉》等；二是宣扬"知己之爱"，如《连城》、《瑞云》等。

3. 揭露和批判科举考试制度。

（1）揭露考场黑暗现实，收受贿赂等，如《考弊司》。

（2）讽刺考官的不学无术、颟顸（mānhān）无能，如《司文郎》。这类作品大都感情激烈，爱憎鲜明。

（3）考试荒唐，黜佳进庸，如《贾奉稚》等。

（4）描写读书人的精神状态，如《王子安》，刻画在科举考试的戕害下读书人的卑琐的精神状态。

4. 歌颂被压迫人民反抗斗争精神的作品。

如《商三官》中塑造了一个机智勇敢、敢于反抗豪强的女性形象。

5. 道德训诫。

《聊斋志异》总结生活中的经验教训，教育人要诚实、要助人、要吃苦耐劳、要知过能改等等，如《种梨》、《大鼠》、《禽侠》、《画皮》、《螳螂捕蛇》、《劳山道士》、《瞳人语》、《黑兽》、《狼》三则等。

除此以外，《聊斋志异》中还有一些具有其他意义的篇章。有颂扬女子超人才智的，如《颜氏》、《狐谐》和《仙人岛》等；有描写儿童胆量和智谋的，如《贾儿》等；有写民间艺人高超技艺的，如《偷桃》、《口技》等。

❖ 《聊斋志异》的艺术特色及其影响

《聊斋志异》传奇、志怪、轶事诸体兼备，为中国文言小说集大成之作。关于这部人类瑰宝的艺术魅力，古人曾作过许多创造性的探讨和品评。有人赞誉《聊斋志异》的技法："盖虽海市蜃楼，而描写刻画，似幻似真，实一一如乎人人意中所欲出。"而且"诸法具备，无妙不臻。写景则如在目前，叙事则节次分明，铺排安放，变化不测。字法句法，典雅古峭，而议论纯正"。有人推崇蒲松龄"学深笔健，情挚识卓"，故能"寓赏罚于嬉笑"，使人"百诵不厌"。有人从题材的提炼着眼，认为《聊斋志异》"所述鬼狐最伙，层见迭出，变化不穷。水佩风裳，剪裁入妙；冰花雪蕊，结撰维新"。前人种种品评，对于领略《聊斋志异》的艺术造诣，都具有一定的参考价值。《聊斋志异》主要具有以下一些艺术特点：

人物性格源于现实

《聊斋志异》中人物性格艺术的真实性来源于客观的现实生活，是社会生活中客观存在的"人情物理"的反映与表现，人物性格的艺术真实是作家艺术想象、虚构和艺术概括、创造的结果。

《聊斋志异》的评论家冯镇峦在《读聊斋杂说》中说：《聊斋》"多言鬼狐，款款多情；间及孝悌，但见血性"；"先生意在作文，镜花水月，虽不必泥于实事，然时代人物，不尽凿空"；"试观《聊斋》说鬼狐，即以人事之伦次，百物之性情说之。说得极圆，不出情理之外；说来极巧，恰在人人意厘之中"；"盖虽海市蜃楼，而描写刻画，似幻似真，实一一如乎人人意中所欲出"。蒲松龄的孙子蒲之德在《聊斋志异跋》中也指出《聊斋》一书"其事多涉于神怪"，然而"其文往往刻镂物情，曲尽世态，冥会幽探，思入风云"。这些评论既肯定人物性格来源于现实生活，是现实生活客观存在的人情物理的反映与表现，把人物性格理论建立在唯物主义基础之上，同时又深刻地揭示人物性格真实性与作家艺术想象、虚构、概括、创造的关系，对人物性格的艺术真实内涵有了更深刻的理解。

语言的提炼

蒲松龄撰写《聊斋志异》，在遣词命意上做到了千锤百炼、字斟句酌，这种刻苦自励的精神，不亚于杜甫在诗创作中的"语不惊人死不休"的精神。"凡操千曲而后晓声，观千剑而后识器"。从他迄今尚存的原作手稿的修改痕迹中，我们可以看到蒲松龄严肃的创作态度。例如《辛十四娘》开篇对冯生的旁介，手搞的原文是："广平冯生，少轻脱纵酒，年二十余，盆丹鼓，偶有事于姻家，昧爽而行"。定稿时将"年二十……于姻家"一句删去，即为"广平冯生，少轻脱，纵酒。昧爽偶行，……"于是突出了冯生"年少轻脱纵酒"的性格特征。又如《续黄粱》篇的第一段，从开头到二十年太平宰相，原稿共167个字，改定后仅剩77个字，将原文中与主题不甚相关、没有突出人物性格特征的内容删掉了。

人鬼相恋题材

《聊斋志异》内容十分广泛，多谈狐、魔、花、妖，以此来概括当时的社会关系，反映了十七世纪中国的社会面貌。全书共有491篇作品，除去寓言、笑话、速写外，真正称得上小说的约200篇，其中数量最多、写得最美最动人的是那些人与狐妖、人与鬼神以及人与人之间的纯真爱情的篇章。因而人鬼相恋、人狐相爱成为了《聊斋志异》最基本的特征。

一个被官府威逼逃亡在外，远离家乡的书生，手中盘费断绝，昏暮无处投宿，独自踟蹰于狼嗥虎吟的旷野。忽然间遇到一个姿容美丽的狐仙。从此后，不仅有了精美之食，锦绣之榻，更有狐仙主动以门户相托，一段美好姻缘就此展开……；爱牡丹成癖的书生，在他乡流连，钱财用尽不能归家。一片痴情感动了牡丹仙子，仙子以身相许，而且为公子提供返乡盘缠，带着自己的堂妹跟随公子回到家园，后为公子生下一个儿子，但不堪忍受公子的怀疑，终于弃他而去，孩子也落地无踪……；死了妻子的失意书生想念妻子，一女鬼从墙上飘然而下，对书生诉说自己的冤屈。为保处子之身以便雪耻，她请鬼妓陪伴公子，大仇报后，公子返乡，女鬼生死相随，且为书生诞下麟儿。儿子长大后登进士，光耀门庭……。这种公子落难、书生失意之后，便有才貌双全的花妖狐魅投怀送抱、以身相许的故事，在《聊斋志异》里一而再，再而三地出现，反映了作者托鬼魂、异类，驰骋想象，借题发挥，避开文网的罗织和世俗的非议，在故事中抒发自己的个人理想以及那个时代被压抑、扭曲的心灵的铭心向往。

奇谲和质朴的统一

蒲松龄创造性地继承了我国志怪小说的优良传统，运用丰富的想象和联想，采取幻化的形式曲折地反映生活，从而在现实主义的基础上赋予了《聊斋志异》积极浪漫主义的特色。许多作品以奇妙的构思、奇特的形象、离奇的情节和奇幻的场景，显现出奇谲的艺术特色。

在《聊斋志异》的作品中，直接以人为描写对象的不多，大量都是以鬼狐神怪的拟人化来间接反映人和人之间的社会关系的。人幻化为非人的艺术形象且拥有变化莫测的特点，在阅读和欣赏中给人一种"丰赡多姿，恍忽善幻，奇突之处，时足惊人"的审美乐趣。如《书痴》篇中夹藏在汉书里的纱翦美人；《白于玉》篇中的"衣翠裳者"、"衣绛绡者"、"淡白软绡者"、"紫衣人"四丽人；《绩女》篇中"所绩，匀细生光；织为布，晶莹如锦"的绩女等等，都属于神仙类；而《黄英》、《葛巾》、《香玉》、《荷花三娘子》等作品则以花精、花妖为描写对象；其他如《莲花公主》中的蜜蜂，《阿英》中的鹦鹉，《阿纤》中的老鼠精，《晚霞》中的白骥精等等，可谓无奇不有。

蒲松龄笔下的神怪精灵、花妖狐魅，并非是对万物有灵或灵魂不灭的说教，亦非对物的自然属性的图解，而是托物写人。他运用想象和拟人化的艺术手法，在摄取物的习性和形体特征的条件下，赋予它们以人的思想感情和性格特点，按照人的习俗、人的社会关系来描写，因而具有人的社会属性和爱憎好恶。这些形象拥有超凡入圣的神力，他们不受生活环境的限制，不受时空的束缚，所以《聊斋志异》中的许多形象，往往具有亦人亦仙亦鬼，或亦人亦狐亦仙，或亦人亦仙亦怪的特点。

奇幻的场景与奇特的形象互相映衬，产生奇谲的艺术效果。《聊斋志异》经常出现"浮云在天，时阖时开，奇峰断处，美人忽来"的境界，这些在实际生活中是不可能发生的。作者运用艺术的想象、联想和幻想，间接地反映出了现实生活。

诗化倾向

《聊斋志异》中许多篇章带有诗化倾向。文言小说中的诗，通常是人物以诗代言，六朝志怪小说已肇其端，唐人传奇更多用之，明代传奇小说如《剪灯馀话》等，几成惯例，篇中人物多以歌诗通情。《聊斋志异》中只是偶尔用之，而且极少写出整首的诗词，却由此显出作者以诗入小说的独特匠心。譬如《公孙九娘》有九娘洞房枕上吟诗二首，哭诉不幸的身世，凄婉动人，写出其内心苦情，又不啻是本篇的主题歌；在《连琐》篇开头，连琐和杨于畏的联吟，既是二人发生联系的契机，又营造出了幽深的气氛。尤其别出心裁的是《白秋练》，叙写的是爱情的波折，而自始至终以吟诗为情节：慕生喜吟诗招来白秋练的爱情，受阻后彼此以吟诗医好相思之疾，白秋练临死还嘱咐慕生："一吟杜甫《梦李白》诗，死当不朽"。将诗与爱情融合在一起，赋予其神奇的力量。《宦娘》、《黄英》则整个故事都借助传统的诗歌意象建构：《宦娘》中的爱情婚姻是以音乐为媒介，宦娘由爱温如春的琴艺而爱其人，宦娘为温如春谋得的妻子良工善筝，全篇的构思便是建立在古诗名句"琴瑟友之"（《诗经·周南·关雎》）的意蕴上；《黄英》写菊精，显然是借陶渊明诗歌中的菊花意象做反面文章。

《聊斋志异》的诗化倾向，不仅表现在小说叙事中运用了诗句、诗意，还表现在许多篇章都不同程度地带有诗的品格特征。作者假狐鬼抒情写意，这两个方面都决定了小说的情节、人物多是意象化的，表现的不是世俗的人生相，而是超俗的、理想化的、幻化变形的人情事理，个中寄寓着诗一般含蓄朦胧、甚至不易捉摸的内蕴。《婴宁》、《白秋练》便是这样：婴宁的性格由她情不自禁地多笑、近乎童稚无知的话语表现出来；白秋练的钟情是与她以诗为生命的诗魂融合在一起的，都是诗意化的，可意会难以言传的。《聊斋志异》里有一些写人的癖好情笃的篇章，如《书痴》写书呆子，《酒狂》写酒徒，《鸲鹆》写鸟迷，《阿宝》写情痴，都是专就所好所笃演绎出的几乎不可思议的故事，极度夸张地表现出了其超常之情、超常之状。

　　《聊斋志异》对当时社会的腐败、黑暗进行了有力批判，在一定程度上揭露了社会矛盾，表达了人民的愿望。虽然用文言写作，但因为题材广泛，花样繁多，故成为一部民间文学，雅俗共赏，老少咸宜，是我国一部优秀的文言短篇小说集。郭沫若对他的评价是"写人写鬼高人一筹，刺贪刺虐入骨三分"。《聊斋志异》问世后，风行一时，模仿之作纷纷出现。主要有沈起凤的《谐铎》和邦额的《夜谭随录》、浩歌子的《萤窗异草》、袁枚的《新齐谐》等。这些作品大都是模仿《聊斋志异》的形式，而丢掉了它寄托"孤愤"的积极精神，"谈虚无胜于言时事"（《夜谭随录自序》），离开现实生活较远，虽也不乏文笔流畅之作，但缺乏进步的思想内容，艺术水平也不高。只有《谐铎》中的少数作品涉及社会现实，如《考牌逐腐鬼》、《读书贻笔》等流露了对科举的不满；《森罗殿点鬼》、《棺中鬼手》等讥笑了官吏的贪婪，但作者过分追求诙谐，削弱了其讽刺力量。

第四节　章回体小说——《三国演义》

◆ 章回体小说

　　章回体小说是中国古典长篇小说的主要形式，它是由宋元时期的"讲史话本"发展而来的。"讲史"就是说话人讲述历代兴亡和战争的故事。讲史一般都很长，说话人在表演时必须分为若干次才能讲完。每讲一次，就等于后来章回体小说中的一回。在每次讲说之前，说话人都要用题目向听众揭示主要内容，这就是章回体小说回目的起源。

　　这种形式从萌芽到成熟经历了较长的发展过程，到明代初年才出现了首批章回小说，其中最早的是长篇章回体小说是《三国演义》，还有一些比较著名的，如《水浒传》等。这些小说在民间长期流传，经过说话人的修改、补充，逐渐丰富，最后由小说家加工改写而成。

　　明代中叶以后，章回小说发展的更加成熟，出现了《西游记》、《西厢记》、《金瓶梅》等千古流传的作品。而且由于社会生活的日益丰富，章回体小说的故事情节也更趋复杂，描写也更为细腻。这时章回小说已不分节了，而是明确地分成多少回，回目也由单句发展成了参差不齐的双句，最后成为工整的对句。

　　章回体小说的特点是分回标目、分章叙事、首尾完整、故事连接、段落整齐；内容也十分丰富，至少包括五种类型：讲史型、神魔型、公案型、世情型、武侠型等。

◆ 《三国演义》的主题思想

　　《三国演义》大致上以晋陈寿编纂的《三国志》的历史记载为

基础，从文学角度再现了汉末黄巾起义到西晋统一这八九十年间的演变过程。它深刻地揭露了封建统治集团之间政治上的、军事上的不可调和的矛盾和斗争，淋漓尽致地刻画了封建统治阶级内部争名夺利、钩心斗角、尔虞我诈、明火暗刀的策略伎俩和阴谋诡计；披露了当时社会的黑暗与腐朽，揭示出农民起义的真实历史背景和原因，反映了他们的爱憎与背向，以及反对战争、反对分裂、要求和平统一的愿望。

◆ 《三国演义》的艺术成就

《三国演义》的成就不仅表现在主题思想上，而且在艺术上也具有自己的一些特色，包括以下几个方面：

战争的描写

第一，战争多样化。书中描述了上百次战争，可分为陆战、水战或水陆混合战，例如水淹七军；又可分为攻战、守战；或分为伏击战、偷袭战；或分阵地战、游击战；或主将比试、两军混战，形式多样化。

第二，军事行动与政治策略相结合。如曹操南侵并非毫无目的，是为了完成统一大业；刘备联吴抗曹是为了有立足之地，然后振兴刘氏的汉室基业；诸葛亮南征是为了解决与南方少数民族的纠纷，稳定后方，以便全力对付势力强大的曹魏。

第三，战争的胜负系于智谋。运筹者能不能采纳部下的善计良策，能不能正确判断敌情，能不能客观分辨忠奸，能不能冷静处事，成为了能否战争胜利的关键。

第四，着重写人，略写战争过程。《三国演义》吸收了《左传》描写战争的经验，详写谋略，略写战斗过程；详写占得上风者，略写位处下风者；详写将胜者，略写将败者。

人物形象的塑造

采用类型化的写法，专门突出人物的某一个特点，并通过夸张、对比、烘托等手法，把这一特点发展到极端。比如曹操的奸诈、诸葛亮的智慧、刘备的仁厚、关羽的忠义、张飞的勇猛等，性格鲜明，形象生动。

结构特色

以蜀汉为中心，以三国矛盾斗争为主线，以战争发展和人物活动为材料，精心结构无数个故事，虽事件复杂，却不琐碎支离，有曲折、有变化，脉络分明，构成一个基本完美的艺术整体。

语言特色

在语言方面，具有"文不甚深，言不甚俗"的特色。它用浅白的文言写成，言简意赅，语气明快。

《三国演义》一书创造了很多成语，引用并且自造了许多谚语，丰富了中华民族的语言。

◆ 《三国演义》对后世文学的影响

《三国演义》对后世文学的影响有几个方面：

第一，该书是历史演义小说的鼻祖，后世历史小说、演义小说不少以之为典范，模仿其体制结构。

第二，该书故事精彩，明清以至近世戏剧家多从中取材改编为剧本。

第三，后世诗文作品常取之以为典故，或作为咏唱题材。

第四，《三国演义》语言精警，丰富了后世作家之用语。

第八章

诗 歌 概 况

❖ 诗歌的含义

　　诗歌是有节奏、有韵律并富有感情色彩的一种语言艺术形式，也是世界上最古老、最基本的文学形式。诗歌是高度集中地概括并反映社会生活的一种文学体裁，它饱含着作者的思想感情与丰富的想象，语言凝练且形象性强，具有鲜明的节奏，和谐的音韵，富于音乐美，语句一般分行排列，注重结构形式的美。

❖ 诗歌的起源

　　在中国古代不合乐的称为诗，合乐的称为歌，现代一般统称为诗歌。它按照一定的音节、韵律组合而成，反映了一定的社会生活和表现了人的精神世界。

　　诗歌起源于上古的社会生活，因劳动生产、两性相恋、原始宗教等而产生的一种有韵律、富有感情色彩的语言形式。诗是最古老的，也是最具有文学特质的文学样式。

　　诗歌内容一般来源于古代人们的劳动号子和民歌，原是诗与歌的总称。在最初，诗和歌不分，诗和音乐、舞蹈也结合在一起，统称为诗歌。

　　诗是怎样产生的呢？在文学还没形成之前，我们的祖先为把生产劳动中的经验传授给别人或下一代，就将其编成了顺口溜式的韵文，以便记忆和传播。据闻一多先生考证，"诗"与"志"原是同一个字，"志"上从"士"，下从"心"，表示停止在心上，实际就是记忆。文字产生以后，有了文学的帮助，不必再死记了，这时把一切文字的记载叫"志"，因此，志就是诗。在心为志，发言为诗。

歌的称谓又是怎样来的呢？诗和歌原不是同一个东西，歌是与人类的劳动同时产生的，它的产生远在文学形成之前，比诗早得多。考察歌的产生，最初只用感叹来表示情绪，如啊、兮、哦、唉等，这些字当时都读同一个音：啊。歌是形声字，由"可"得声。在古代"歌"与"啊"是一个字，人们在劳动中发出的"啊"其实就是"歌"。因此歌的名字就这样沿用下来。

既然诗与歌不是一回事，后来又为什么把二者连在一起以"诗歌"并称呢？最初，歌只是用来表示情绪的简单的感叹字，在语言产生之后，人类对客观事物的认识逐步深化，情绪更加丰富，用几个感叹字表达情绪就远远不够了。于是在歌里加进了实词，以满足需要。在文字产生之后，诗与歌的结合又进了一步，开始用文字书写歌词。这时，一支歌包括两个部分：一是音乐，二是歌词。音乐是抒情的，歌词即诗，是记事的。这就是说，诗配上音乐就是歌，不配音乐就是诗。最初的诗都能配上音乐唱，歌就是诗，诗就是歌。所以人们总是把它们合在一起称作"诗歌"。

《毛诗序》："在心为志，发言为诗。情动于中而形于言，言之不足，故嗟叹之，嗟叹之不足，故咏歌之，咏歌之不足，不知手之舞之足之蹈之也。"《尚书》的"诗言志，歌永言"便形象地指出了诗与歌的内在联系。由于这种情况，后来人们就把诗与歌并列，称为"诗歌"，目前，诗歌已经成为诗的代名词了。

第九章

诗 歌 分 类

诗歌有多种分类方法，在这里主要介绍两种，一种按体例分；一种按题材分。

第一节 诗歌的体例分类

按诗歌的体例可分为诗、词、曲。

◆ 诗

按内容分类

诗按内容分，可分为抒情诗、叙事诗、说理诗。

抒情诗，通过直接抒发作者内心的感受来反映社会生活。根据作者对客观事物的态度和诗歌内容，抒情诗又可分为颂歌、哀歌、恋歌、田园诗、山水诗、讽刺诗、史诗等等。如曹操的《观沧海》，李白的《蜀道难》，杜甫的《春望》。

叙事诗，主要是通过对事件的描述和人物形象的塑造来反映现实生活。它以叙事为主，且以抒情的方式叙事，一般有完整的故事情节和具体的人物形象。如《木兰诗》、《孔雀东南飞》。

说理诗，侧重于讲道理和发议论。如杜甫的《戏为六绝句》，陆游的《示子遹》。

按形式分类

诗按形式分，有古体诗和近体诗两类。

古体诗一般又叫古风，包括古诗（唐以前的诗歌）、楚辞、乐府诗。"歌"、"歌行"、"引"、"曲"、"吟"等古诗体裁的诗歌也属古体诗。它形式比较自由，不受格律的束缚。从诗句的字数不同，分为四言诗、五言诗和七言诗。四言是四个字一句，五言是五个字一句，七言是七个字一句。五言古体诗简称"五古"；七言古体诗简称"七古"；三五七言兼用的，一般也算"七古"。

古体诗格律自由，不拘对仗、平仄，押韵较宽，篇幅长短不限，句子也不同。

古体诗的发展轨迹为：《诗经》→楚辞→汉赋→汉乐府→魏晋南北朝民歌→建安诗歌→陶诗等文人五言诗→唐代的古风、新乐府。

近体诗，与古体诗相对，亦称"今体诗"。在乐府诗歌不再配音乐而衰微之后，隋唐时代逐渐形成了新音乐，这种配上新乐曲的歌辞在字数、句数、韵调以及平仄方面都按一定的规则进行创作，从而形成了与古体诗相对的近体诗。唐代形成的律诗和绝句都属于近体诗。

近体诗的句子以两句为一个单位，每两句（一和二，三和四，依次类推）称为一联，同一联的上下句称为对句，上联的下句和下联的上句称为邻句。近体诗的构成规则就是：对句相对，邻句相粘。

近体诗以律诗的格律为基准，分为律诗、绝句、排律三种。格律即指在用韵、平仄、对仗、字数方面的规定。

律诗发源于南朝齐永明时沈约等讲究声律、对偶的新体诗，至初唐沈佺期、宋之问时正式定型，成熟于盛唐时期。律诗要求诗句字数整齐划一，每首分别为五言、六言、七言句，简称五律、六律、七律，其中六律较少见。

律诗一般每首限定八句，每两句为一联，依次为首联、颔联、颈联、尾联。五律共四十个字，七律共五十六个字；全诗要求一韵到底，而且仅限平声韵，偶句必须押韵，首句可押可不押。所谓押韵是指一个诗句的最后一个字的读音是相同或相似的；而且每句的平仄也有规定，用字平仄相间；上下句中的平仄相对，有"仄起"与"平起"两式。

五言的基本句型首句就有四种情况，即：

1. 平平仄仄平
2. 仄仄平平仄
3. 平平平仄仄
4. 仄仄仄平平

七言的基本句型首句也有四种情况，即：

1. 仄仄平平仄仄平
2. 平平仄仄平平仄
3. 仄仄平平平仄仄
4. 平平仄仄仄平平

绝句来源于两汉，成形于魏晋南北朝时期，兴盛于唐。绝句每首四句，偶句必须押韵，按字数通常有五言、七言两种，称为五言绝句和七言绝句，简称五绝、七绝。五言绝句只有二十个字，七言绝句只有二十八个字。

绝句与律诗一样，也讲究平仄，因此每首绝句的形式基本同一。

五言绝句分为:

1. 仄仄平平仄,平平仄仄平。

   平平平仄仄,仄仄仄平平。

2. 平平平仄仄,仄仄仄平平。

   仄仄平平仄,平平仄仄平。

七言绝句分为:

1. 仄仄平平仄仄平,平平仄仄仄平平。

   平平仄仄平平仄,仄仄平平仄仄平。

2. 平平仄仄仄平平,仄仄平平仄仄平。

   仄仄平平平仄仄,平平仄仄仄平平。

排律,按照一般律诗的格式加以铺排延长而成,又叫长律。排律一般是五言,七言极少。五言排律是由汉魏六朝五言古诗演化而来,到唐代日趋成熟。诗人做长律往往会在题目上标明韵数,如杜甫的《风疾舟中伏枕三十六韵》,就有三百六十个字;白居易的《代书诗一百韵寄微之》,就是一千字。

❖ 词

词,又称为诗余、长短句、曲子、曲子词、乐府等。

词的特点是调有定格,句有定数,字有定声。根据字数的不同可分为长调(91字以上)、中调(59~90字)、小令(58字以内);词又有单调和双调之分,双调就是分两大段,两段的平仄、字数是相等或大致相等的;单调只有一段。词的一段叫一阙或一片,第一段叫前阙、上阙、上片,第二段叫后阙、下阙、下片。

❖ 曲

曲,又称为词余、乐府。元曲包括散曲和杂剧。散曲兴起于金,兴盛于元,体式与词相近。特点是可以在字数定格外加衬字,较多使用口语。散曲包括有小令、套数（套曲）两种。套数是连贯成套的曲子，至少是两曲，多则几十曲。每一套数都以第一首曲的曲牌作为全套的曲牌名，全套必须使用同一宫调。

第二节　诗歌的题材分类

诗歌按题材来分类，可分为边塞诗、山水田园诗、怀古咏史诗、咏物言志诗、叙事诗、抒情诗、送别诗、悼亡诗、讽喻诗等。

◆ 怀古咏史诗

怀古诗一般是怀念古代的人物和事迹的诗。

怀古咏史诗是以历史典故为题材，将史实与现实联系到一起，或借古讽今，或感慨个人遭遇，或抒发沧桑变化的感慨，或抨击社会现实。如苏轼的《念奴娇·赤壁怀古》，是诗人在畅游长江时写下的一篇千古名作，他描绘万里长江及其壮美的景象、追忆功业非凡的英俊豪杰，从而抒发了自己热爱祖国山河、感慨自己未能建立功业的思想感情；辛弃疾的《永遇乐·京口北固亭怀古》表达对朝廷苟且偷生的不满，抨击了社会现实。也有怀古诗只是对历史作冷静的理性思考与评价，或仅是客观的叙述，而没有诗人自身的遭遇，诗人的感慨在诗之外。如刘禹锡的《乌衣巷》，今昔对比，表现出了诗人的历史沧桑之感。

怀古咏史诗的特点主要表现在以下几个方面：

1. 表达像古人那样建立功业志向，抒发对古人的缅怀之情。

2. 抒发昔盛今衰的感慨，暗含对现实的不满，甚至批判，借古讽今。

3. 忧国伤时，揭露统治者的昏庸腐朽，同情下层人民的疾苦，担忧国家民族的前途命运。

4．悲叹年华消逝，壮志难酬。

从怀古咏史诗的特点，我们可以看出鉴赏这类诗歌，首先要弄清史实、典故，其次要结合诗人的历史背景，再次体会诗人的意图、感情，最后去品味诗人的技巧手法。

一般怀古咏史诗都有一些很明显的形式标志。如标题中有古迹、古人名，或在古迹、古人名前冠以"咏"，或在古迹、古人名后加"怀古"、"咏怀"等。

❖ 咏物言志诗

咏物言志诗，是诗人对所咏之物的外形、特点、神韵、品格进行描摹，以寄托诗人自己的感情，表达诗人的精神、品质或理想。在内容上以某一物为描写对象，抓住其某些特征着意描摹；在思想上往往托物言志。在内容安排上一般由物到人，由实到虚，咏物言志，借所咏之物表达自己的志向、品质，或表达自己对生活的思考、对人事的评价。常用比喻、象征、拟人、对比等表现手法。

❖ 山水田园诗

南朝谢灵运开山水诗先河，东晋陶渊明开田园诗先河，发展到唐代，有山水田园诗派，代表人物是王维、孟浩然。

诗人以山水田园为审美对象，以描写自然风光、农村景物以及安逸恬淡的隐居生活见长，诗境隽永优美，风格恬静淡雅，语言清丽洗练，创造出了一种田园牧歌式的生活，借以表达对现实的不满，对宁静平和生活的向往。

这类诗在内容上常常是借景抒情、寄情于景，写法上常常采用白描、衬托。

山水田园诗并不仅仅是诗人对山水、田园的景物描写，它往往

寄托诗人的情感。这些情感主要表现在以下几个方面:

1. 归隐田园,钟情山水。如陶渊明的《归园田居》。

2. 描绘山川美景,热爱祖国河山。

3. 厌弃官场黑暗,抒发闲适情调,表达自己决不同流合污的高洁品格。

❖ 战争诗

战争诗,以边塞和战争以及与战争有关的事物为题材的诗。

从先秦开始就有了以战争为题材的诗,如《诗经·无衣》中表现出的激昂的战斗情绪;《小雅·采薇》中表现的对战争的厌倦和对自身遭际的无限哀伤。

到了唐代,由于战争频繁,统治者重武轻文。士人以戍守边疆博取功名比由科举进身容易得多,再加上盛唐那种积极用世、昂扬奋进的时代氛围,于是激情壮丽的边塞诗便大大发展起来了,并走向成熟,其代表人物是高适、岑参、王昌龄。

这类诗歌的题目中一般会出现"塞"、"征"、"军"等字眼;也有用乐府旧题的,如《凉州词》、《少年行》、《关山月》、《从军行》等。

❖ 边塞诗

边塞诗以边塞军旅生活为主要内容,或描写奇异的塞外风光,或反映戍边的艰辛。诗人在诗歌中表达的思想内容极其丰富,可以抒发渴望建功立业、报效国家的豪情;可以状写戍边将士的乡愁、家中思妇的离恨;可以表现塞外戍边生活的艰辛、连年征战的惨烈;可以宣泄对黩武开边的不满、对将军舍功启衅的怨情;可以惊叹描摹边地绝域的奇异风光和民风民俗;也可以感慨报国无门的无奈之情。

边塞诗风格悲壮宏浑，笔势豪放。

❖ 行旅诗和闺怨诗

这类诗或写羁旅之思，或写思念亲友，或写征人思乡，或写闺中怀人。诗人在写作上或触景伤情，或感时生情（中秋望月、重阳登高、日暮思归），或托物传情（月、雁、笛、柳），或因梦寄情，或妙喻传情。

行旅诗主要表现行旅之人旅途的艰辛、寂寞以及对家乡、亲人的思念。

闺怨诗一是表现妇女对出征在外的丈夫的思念，表达对战争的厌恶、鼓励丈夫建功立业的情怀；二是表达对出门在外的丈夫的思念，表达女子的柔情别绪，忧愁伤感；三是表现宫中女子对自由被禁锢、遭人冷落的处境的怨恨，对自由和幸福生活的向往。

❖ 送别诗

古代由于交通不便，通讯极不发达，亲人朋友往往一别数载难以相见，所以古人特别看重离别。在离别之际，人们往往设酒饯别，折柳相送，有时还吟诗话别，因此离情别绪成为了古代文人一个永恒的主题。

因各人的际遇不同，故送别诗所展现的具体内容及思想倾向往往也是有差别的。有的直接抒写离别之情，有的借以一吐胸中积愤或表明心志，有的重在写离愁别恨，有的重在劝勉、鼓励、安慰，有的兼而有之。

送别诗一般是按时间、地点来描写景物，表达离愁别绪，从而体现诗人的思想感情。

送别诗中常用的意象有长亭、杨柳、夕阳、酒、秋等。诗歌题目往往有"赠""别""送"等字眼。

第十章

诗歌的特点

诗歌语言精练、含蓄、富有美感，是与小说、散文、戏剧并列的高度集中地概括反映社会生活的一种文学体裁，它以高度凝练的语言、形象地表达作者丰富的思想感情，具有鲜明的节奏，和谐的音韵，富于音乐美，语句一般分行排列，注重结构形式的美。

诗歌的特点主要表现在对情感的抒发、对意境的锤炼、对音韵美的追求、对诗歌语言的提炼上。

第一节　诗歌的抒情性

什么是诗？古代文人已经进行了许多的探讨。《毛诗序》说："诗者，志之所之也。在心为志，发言为诗。情动于中而形于言，言之不足故嗟叹之，嗟叹之不足故永歌之，永歌之不足，不知手之舞之足之蹈之也。"其中"在心为志，发言为诗"，自然是说"诗言志"，而"情动于中而形于言"说的正是"言"这一诗歌载体的产生条件和产生过程：当心底的"情"被外物激化起来之后，自然而然会产生出借助语言进行宣泄的强烈欲望，而这种欲望在思想的外壳"语言"上得以付诸实践时，诗便诞生了。

陆机在《文赋》中说："诗缘情而绮靡。"所谓的"诗缘情"就是说诗歌是因情而发的，是为了抒发作者的感情。陆机之语总结了前人诗歌创作的经验。但是，"诗缘情"之说并不是始自晋人陆机，先秦的《孔子诗论》就曾说过："诗亡离志，乐亡离情，文亡离言。""乐亡离情"其实就等同于"诗亡离情"，在孔子的心目中，"情"与"志"是统一的。因此，"诗言志"与"诗缘情"并不矛盾。

严羽《沧浪诗话》也说："诗者，吟咏性情也。"由此，可以说已经确立抒情性是诗歌的根本特征。诗人情动于心，感发兴起，把自己的喜怒哀乐表现在诗歌中，让自己的感情得以抒发。

刘勰《文心雕龙·知音》指出："夫缀文者情动而辞发，观文者披文以入情，沿波讨源，虽幽必显。"可见"情"是联系作者和读者的重要纽带。因此，诗歌的抒情性是诗歌的一大特点。

诗歌抒情的方式是欣赏诗歌的重要途径。古典诗歌的抒情方式有多种，包括直抒胸臆、间接抒情。

❖ 直抒胸臆

直抒胸臆，通俗而言，就是直接抒情，就是直接对有关人物、事件、场景和环境表明自己的爱憎态度。

诗总是表达强烈情感的。屈原的"余将董道而不豫兮，固将重昏而终身"，表现的是屈原高尚情操和矢志不移的精神；杜甫的"安得广厦千万间，大庇天下寒士俱欢颜"表现的是诗人宽广的胸襟；陶渊明的"采菊东篱下，悠然见南山"，表现的是他对山水田园生活的向往。

先秦诗歌和大多乐府民歌都是直抒胸臆的范例。如《周南·关雎》中表达思慕所爱的姑娘的情意便直接抒写为"窈窕淑女，君子好逑";《卫风·伯兮》中思念远征的爱人也大胆地宣称"愿言思伯,甘心首疾";《王风·黍离》中的"知我者谓我心忧,不知我者谓我何求。悠悠苍天,此何人哉?"直露而真率地抒发了诗人内心沉重而深广的忧伤;《乐府诗集·鼓吹曲辞》中的"上邪! 我欲与君相知,长命无绝衰。山无陵,江水为竭,冬雷震震,夏雨雪,天地合,乃敢与君绝"写一位女子对所爱之人剖白心迹,直接表达了少女至真、至善、至烈的爱情,显得坦荡、真率、震撼人心。

在词、曲中我们也不难发现这种直抒胸臆的表达方式。如柳永《雨霖铃》:"执手相看泪眼,竟无语凝噎",所写情景与表达情意如此率真,语言如此质朴自然,与大多数委婉之作,截然有别。又如关汉卿的《沈醉东风》:"咫尺的天南地北,霎时间月缺花飞。手执着饯行杯,眼阁着别离泪。刚道得声'保重将息',痛煞煞教人舍不得。'好去者,望前程万里'。"这首曲也直接地表现出主人公依依不舍的感情,真挚感人。

◆ 间接抒情

众所周知,中国古典诗歌的创作十分讲究含蓄、凝练。诗人在处理情感时一般不是直接抒情,而是言在此意在彼,叙事则因事缘情,写景则借景抒情,咏物则托物言志,记史则咏史抒怀。

1. 因事缘情:诗人记人或记事,浸透着自己浓郁的情感色彩。

如唐代张籍的《秋思》:"洛阳城里见秋风,欲作家书意万重。复恐匆匆说不尽,行人临发又开封。"这首诗寓情于事,借助日常生活中一个片断——寄家书,看到诗人的一系列思想活动和行动细节,真切细腻地表达了作客他乡的游子对家乡亲人的深切怀念。又如白居易的《蓝桥驿见元九诗》:"蓝桥春雪君归日,秦岭秋风我去时。每到驿站先下马,循墙绕柱觅君诗。"这首貌似平淡的二十八字绝句，表面上好像只是写朋友之间的情谊，实际上却暗含着诗人心底的万顷波涛：可贵的友情，可泣的共同遭际，诗中一句不说，只是让读者自己去寻觅包含在春雪秋风中的人事深沉变化，去体会诗人那种沉痛凄怆的感情。

2. 借景抒情：诗人对某种景物有所感触时，把自身所要抒发的感情寄寓在景物中，通过描写景物抒发热爱、憎恶、赞美、快乐、悲伤等情感，这种抒情方式叫借景抒情。

在我国古代诗歌中，梅兰竹菊、山石溪流、沙漠古道、边关落日、芭蕉残荷、梧桐细雨、夜月清风、细雨微草、飞蓬浮萍、鸿雁闲鹤、长亭短亭等等，常常都是诗人借以抒情的对象，而当这些景物被诗人以自己的心绪表现出来的时候，也就不再是纯粹的自然之物了，而是承载了诗人极为丰富复杂的思想情感。

李白的《赠汪伦》："李白乘舟将欲行，忽闻岸上踏歌声。桃花潭水深千尺，不及汪伦送我情。"诗人以"潭水"的深度来表现自己与朋友之间感情的深度。

白居易《草》中："离离原上草，一岁一枯荣。野火烧不尽，春风吹又生。"诗人借"草"的顽强精神，抒发对自然规律不可抗拒的无奈之感，但也通过对荒原野草"春风吹又生"的赞颂，表现出一种积极进取的乐观精神。

范仲淹《渔家傲·秋思》："塞下秋来风景异，衡阳雁去无留意。四面边声连角起。千嶂里，长烟落日孤城闭。浊酒一杯家万里，燕然未勒归无计。羌管悠悠霜满地。人不寐，将军白发征夫泪。"词中所写的悲凉凄怆的景象——塞下、秋景、大雁、箭声、羌管、长烟、落日、孤城，充分配合当时诗人出征在外的孤寂心情，情景交融，使读者体会到这些戍守边疆的战士的情怀。

一般情况下，诗人总是借乐景写乐情，哀景抒哀情，但也有以乐景衬哀情或哀景衬乐情的写法。

（1）乐景乐情：如谢灵运《登池上楼》中"池塘生春草，园柳变鸣禽"。从春草中，从园中柳树和鸣禽中，诗人感到了春天的蓬勃生机，透露出了喜悦的心情。又如白居易《忆江南》中"江南好，风景旧曾谙。日出江花红胜火，春来江水绿如蓝，能不忆江南？"通过一句"江南好"，一个既浅显又圆活的"好"字，摄足了江南春色的种种佳处，也尽显作者的赞颂之意与向往之情。唐代杜甫的《春夜喜雨》"好雨知时节，当春乃发生。随风潜入夜，润物细无声。野径云俱黑，江船火独明。晓看红湿处，花重锦官城。"也以描绘春雨夜景，表现出自己的喜悦心情。

（2）哀景哀情：如刘禹锡的《石头城》："山围故国周遭在，潮打空城寂寞回。淮水东边旧时月，夜深还过女墙来。"诗人把石头城放到沉寂的群山中写，放在带凉意的潮声中写，放到朦胧的月夜中写，这样更能显示故国的没落荒凉，表现出人生凄凉的深沉感伤。再如元稹的《闻乐天授江州司马》："残灯无焰影幢幢，此夕闻君谪九江。垂死病中惊坐起，暗风吹雨入寒窗。"首尾两句，既是景语，又是情语，以哀景抒哀情，情与景完美地融合为了一体。

（3）乐景哀情：《姜斋诗话》说："以乐景写哀，以哀景写乐，一倍增其哀乐"。如杜甫的《绝句二首》之一："江碧鸟逾白，山青花欲燃。今春看又过，何日是归年？"碧绿的江，洁白的鸟，青葱的山，火红的花，这春末夏初的景色不可谓不美，可惜岁月荏苒，归期遥遥，非但引不起游玩的兴致，反而勾起了诗人漂泊的感伤。另外唐代张仲素的《春闺思》："袅袅城边柳，青青陌上桑。提笼忘采叶，昨夜梦渔阳。"诗中春意盎然的美景反而衬出了少妇内心的哀怨、凄凉。

（4）哀景乐情：《诗经·采薇》："昔我往矣，杨柳依依。今我来思，雨雪霏霏。"在杨柳依依、春色醉人的时候，却是黯然离别之际；在飘着雨雪、冰天坼地的寒冬季节，竟是回乡相聚之时！生动地表达出诗人渴望相聚的迫切与欢喜之情。

3. 托物言志：诗人不直接表露自己的思想、感情，而是借自然界中某物具有的特征，用象征、兴寄等手法，把自己的某种理想、志向和情感表达出来，使诗中的物人格化。

诗人的个人之"志"，借助于这个具体之"物"，表达得更巧妙、更完美、更充分、更富有感染力。如"松、竹、梅"岁寒三友，常用于表示高洁的志向；"泥土"常用于抒发谦逊的情怀；"蜡烛"常用于颂扬无私奉献的精神。

如于谦的《石灰吟》："千锤万凿出深山，烈火焚烧若等闲。粉骨碎身浑不怕，要留清白在人间。"就以石灰作比，抒写自己坚强不屈、洁身自好的品质，抒发自己不与恶势力同流合污、坚决斗争到底的思想感情。在这里，咏石灰即为咏自己光明磊落的襟怀和崇高的人格。

如虞世南的《蝉》："垂绥饮清露，流响出疏桐。居高声自远，非是藉秋风。"诗中借蝉声远传的独特感受，道出了诗人在诗中蕴含的真理——立身品格高洁的人，不需要某种外在的凭借，自能声名远播，从而表达出对人的内在品格的热情赞颂。

4. 咏史抒怀：诗人通过对史实抒发自己的思想感情。

刘禹锡的《乌衣巷》："朱雀桥边野草花，乌衣巷口夕阳斜。旧时王谢堂前燕，飞入寻常百姓家。"昔日车水马龙的朱雀桥，衣冠往来的乌衣巷，而今已经荒凉冷落，笼罩在寂寥惨淡的氛围之中。从中我们可以清晰地听到作者对这一沧海桑田的发出的变化无限感慨。

又如张可久的《卖花声·怀古》："美人自刎乌江岸，战火曾烧赤壁山，将军空老玉门关。伤心秦汉，生民涂炭，读书人一声长叹。"这首曲慨叹秦汉时统治者之间的战争和各民族间的战争给老百姓造成的深重的灾难，反映出作者对受苦难人民的深深同情。

第二节　诗歌的意境

诗人非常重视为诗歌熔铸意境，通过意境来表达自己的思想感情。

诗歌的意境，简单地说，就是创作诗歌的环境，可以是写作时的真实场景，也可以是回忆，还可以是心中所想实际却达不到的场景。它是诗人所描绘的生活图景和所表现的思想感情相融合而形成的一个充满诗意的艺术境界。

意境这一词的提出在唐朝。日僧空海在《文境秘府论》里介绍唐朝的诗论时在《南卷·论文意》里有"夫作文章，但多立意"、"思若不来，即须放情却宽之，令境生。然后以境照之，思则便来，来即作文"。这里所说的"意"，同"情"结合，即情意；所说的"境"，即境界，即把感情色彩着在景物上。"以境照之"，即在境界上产生的诗意。

王昌龄在《诗格》里说："诗有三境：一曰物境，欲为山水诗，则张泉石云峰之境，极丽绝秀者，神之于心，处身于境，视境于心，莹然掌中，然后用思，了然境象，故得形似。二曰情境，娱乐愁怨，皆张于意而处于身，然后驰思，深得其情。三曰意境，亦张之于意而思之于心，则得其真矣。"这里的三境就是意境，只是把偏重于写山水的称为物境，偏重于抒情的称为情境，偏重于言志的称为意境。这里讲的物境，主要是指山水诗，诗人要写出泉石云峰之美，一定要处身于泉石云峰中，将泉石云峰之美了然于心，才能细致地描绘出泉石云峰的形象。所谓物境，主要有两点，一要看到山水的"极丽绝秀"，即山水之美；二要"形似"，即描绘出山水的形象来。因为写出了诗人的美学观点，是形象和美的结合，因此构成意境。情境、意境同物境的分别在于，情境只写出了"娱乐愁怨"，意境则写出了"意志"，把情意跟景物结合，就成了情境和意境了。三者都是情景和境界的结合，诗人情和意的结合，抒情里有意，达意里有情，写山水也往往有情意，所以这三境都是意境。

王国维《人间词话》里说："有有我之境，有无我之境。'泪眼问花花不语，乱红飞过秋千去。''可堪孤馆闭春寒，杜鹃声里斜阳暮。'有我之境也。'采菊东篱下，悠然见南山。''寒波淡淡起，白鸟悠悠下。'无我之境也。有我之境，以我观物，故物皆著我之色彩。无我之境，以物观物，故不知何者为我，何者为物。"这里讲的有我之境，即情境或意境；无我之境即物境。

王国维《人间词话》还说："境非独谓景物也。喜怒哀乐亦人心中之一境界。故能写真景物、真感情者，谓之有境界。"由此，可以看出"一切景语皆情语"。诗人笔下创造的物和景，是融合了诗人主观色彩的物和景，是诗人独特感受和思想感情的凝结，也是诗人气质和个性的流露。写景即为了抒情，抒情又有景物的衬托，景与情不可分割，往往情中有景，景中有情。妙合无垠，便是诗人追求的境界。

诗歌的情感不是口号式的直接诉诸呼喊，而是通过高妙的意境显现出来。所谓意境，就是诗人的主观情思与客观景物相交融而创造出来的浑然一体的艺术境界。创造意境的过程是"神与物游"的构思过程，是通过想象将抒情主体的情志与从周围世界剪裁下来的意象熔铸在一起的艺术过程。正如刘勰在《文心雕龙·物色》里说："是以诗人感物，联类不穷。流连万象之际，沉吟视听之区。"诗人受到外界景物感触，这种景物互相连接无穷无尽，所以称为万象，只要在视听的范围里所接触到的，着上感情色彩，产生诗意，都可构成创作。诗人流连于欣赏景物不忍离去，这里就产生感情，给景物着上了感情色彩，沉吟在此就进入了创作。《文心雕龙》又说："写气图貌，既随物以宛转，属采附声，亦与心而徘徊。""图貌"是描绘形象，表现为写景；"与心"是表达情意，是抒情。这两者结合，就做到了情景交融，构成意境，即情意同境界结合了。

所以，意境所具有的虚实相生、物我相通、深邃幽远的审美特征，能引起读者的想象和联想，从而仿佛身临其境似的受到感染和熏陶。正如宗白华在《美学散步》中所说的："什么是意境？……以宇宙人生的具体为对象，赏玩它的色相、秩序、和谐，借以窥见自我的最深心灵的反映，化实景而为虚景，创形象以为象征，使人类最高的心灵具体化、肉身化，这就是'艺术境界'。"

第三节　诗歌的音韵美

韵律美是诗歌的重要特征。韵律是诗歌中的节奏有规律变化、重复而产生的一种情调，是一种富有情感的节奏。在诗歌中，韵律表现为抑扬顿挫的节奏和节奏的和谐流动所传达出来的诗的情感韵味，而韵律美却是一种由细节到整体的节奏美。

诗歌韵律的第一个要素是韵脚，从先秦到现代，除了某些自由诗、散文诗外，诗歌都是押韵的。古人甚至曾把韵脚的有无看成诗文生死、雅俗的界限，比如陆时雍说："有韵则生，无韵则死；有韵则雅，无韵则俗；有韵则响，无韵则局。"诗从其诞生之日起，就带上了押韵的基因。

押韵在结构上使诗歌各行有机地结合在一起；在音响上造成声音的呼应回环与和衷共鸣，增加了诗歌的音乐美；在修辞上加强语气和效果，给人以更深刻的印象和更丰满的感受。

古代诗歌的韵律美也体现在它的语言上。如果语言具有声律美的规律，无疑会增加诗的美。其中绝句和律诗的格律大致相同，即字数一定，句数一定，平仄有固定格式，一般原则上要押韵，诗歌就是这样利用这种语言因素，从各个方面入手，例如，讲究句式整齐或变化，讲究节奏和对仗，讲究平仄和押韵，从而形成一种节奏。

节奏是韵律的第二个要素，节奏反映在形式上就是句式。最初的四言诗就是以两个双音节构成的2—2节奏；后来的五言诗在此基础上扩充一个双音节，形成2—2—1或2—1—2节奏；七言诗则在五言诗的基础上又扩充一个双音节，形成2—2—2—1或2—2—1—2节奏。

这一句式的变化显示出古典诗歌的节奏由单调趋于复杂，待到平仄格式形成后，诗歌的节奏变得更加抑扬顿挫，并呈现出相当的稳定性。

韵律的第三个要素就是讲究平仄。古代诗人经过长时间的探索和创造，终于在唐初完成了格律诗——近体诗的构建，后来的词、曲也随之发展形成了自己更加严格的平仄格式。

平仄格式是指对诗句中每个位置上语词的声调都有特殊规定，违背规则的就不是严格意义上的近体诗、词或曲。

押韵、节奏和平仄格式使中国的诗歌具备了悦耳的音乐美感，同时也加强了诗歌的感染力和表达效果，使诗歌便于吟诵，易于记忆。

第四节　诗歌 "炼字"

诗歌是最讲究语言艺术的文学样式。诗歌的语言实际上是一种特殊的、神秘的符号系统，它不但含有一种抽象化、系统化的理性意蕴，更含有情感的美感。诗人要在尺幅之内充分展现自己的感情，表达自己的思想，更需要对字、词进行锤炼。

诗人创作诗歌除了构思立意，下工夫最大的就是锤炼用语，亦即古人所说的 "炼字"、"琢句"。综观古今优秀诗作，千锤百炼、反复推敲后的名篇佳作，都显示出灵活多变的语言特征，具体表现为下面几种情况：

移花接木，把本来写人的语词用来写物，如杜甫《昭君怨》中的 "群山万壑赴荆门" 和宋祁《玉楼春》中的 "红杏枝头春意闹"。前者以 "赴" 写群山，使绵延不绝的逶迤山脉产生了动感；后者以 "闹" 写春意，更加渲染了春日的生机盎然。

或者说东指西，明是写甲，实则指乙，如刘禹锡的《竹枝词》 "东边日出西边雨，道是无晴却有晴" 和程国儒《次栾秉德韵》 "日夜思亲头尽白，何人为赋大刀环？"，表面上说天晴、刀环，实际上却是用谐音法道出爱情之意、还家之念。

或者把抽象的具象化，如把缥缈无痕的闲愁说成历历在目的 "一川烟草，满城飞絮，梅子黄时雨"（贺铸《青玉案》）。

或者把明确的故意说得隐约迷离，如秦观的《鹊桥仙》 "两情若是久长时，又岂在朝朝暮暮"中的"朝朝暮暮"其实就是云雨之情、鱼水之欢。

或者纯用名词性的组合，仿佛蒙太奇似的组接出艺术画面，如"鸡声茅店月，人迹板桥霜"，没有出现任何动词、形容词，却使羁旅艰辛的生活跃然纸上。

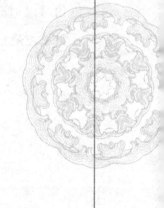

第十一章

历代诗歌概况

中国古典诗歌是中国古代文化一个最突出的代表，它的产生久远得可以追溯到没有文字的远古时期。《礼记》中记载了神农时代的一首祭祀歌谣："土，反其宅！水，归其壑！昆虫，毋作！草木，归其泽！"《吴越春秋》也记载了一首反映原始人打猎的歌谣《弹歌》："断竹，续竹，飞土，逐宍（肉）。"这些歌都是诗、乐、舞结合的典型例子，而诗、乐、舞的结合，正是中国诗歌产生初期的重要特征。

第一节　先秦诗歌

诗歌是先秦文学的巨大成就之一。

先秦诗歌的发展经历了一个从口头到书面、从民间到宫廷、从集体歌唱到诗人创作的漫长过程。

原始的诗歌基本上没有被记录下来。《吴越春秋》中的《弹歌》："断竹，续竹，飞土，逐宍（宍，古"肉"字，指鸟兽之类猎物）。"被认为是比较原始的猎歌，但这也仅仅是猜测。

❖ 诗经

春秋时编成的《诗经》，是我国第一部诗歌总集，也是我国文学史上最早的诗歌总集，收入了自西周初年至春秋中叶五百多年的诗歌311篇，又称《诗三百》，是我国文学的光辉起点。

《诗经》的出现，标志着我国最早发生、发展的文学形式——诗歌，完成了从口头到书面、从民间到宫廷的发展阶段。根据汉代文献记载，中国先秦时的统治者早就注意到诗歌的搜集、编选。在《汉书·艺文志》中就明确指出："书曰'诗言志，歌咏言'，故哀乐之心感而歌咏之声发。诵其言谓之诗，咏其声谓之歌。故古有采诗之官，王者所以观风俗、知得失、自考正也。"这种采诗制度的积极意义在于完整地记录、保存大量民间口头创作，并使民歌进入宫廷，引起广泛的注意与重视。这些无疑会对诗歌的创作起到促进作用。

《诗经》内容丰富，仿佛是一面镜子，对整个周代社会作了真实而全面的反映。

《诗经》具有高度的艺术成就，特别是其中广泛使用的赋、比、兴表现方法，哺育了后继的中国诗人，对形成中国诗歌兴寄遥远、含蓄蕴藉的诗风起着重大的作用。

❖ 楚辞

战国时代以屈原为代表的骚体诗，标志着中国诗歌从民间集体歌唱发展到诗人独立创作的新阶段。"屈宋诸骚，皆书楚语，作楚声，纪楚地，名楚物，故可谓之《楚辞》。"（黄伯思《东观余论·翼骚序》）这种由诗人创作、带有鲜明楚地文化色彩的新诗歌，将中国诗歌向前推进了一大步。

《楚辞》中收集的先秦作品，大多出自屈原和宋玉两位诗人。由于他们的天赋才能、文化素养以及对艺术遗产的继承，因此，《楚辞》比起民间朴素的歌唱，在思想上更为丰富，在情感上更为细腻，在艺术上更为精致。尤其是屈原的作品，具有卓越的独特个性。他的骚体诗，是浪漫主义的典范作品。他在诗中大胆想象，糅合神话传说、历史故事、自然现象与自身遭遇，创造了一个个前无古人的神奇瑰丽的幻想世界，其中对理想热烈而执著的追求、献身祖国的赤胆忠心，都在奔放的辞句、宏大的结构中表现了出来。

从《诗经》的现实主义到屈原的浪漫主义，是中国诗歌发展的一个里程碑。屈原的骚体诗，依诗取兴，引类譬喻，继承发展了《诗经》的比、兴传统。《诗经》的比、兴较为单纯，而《楚辞》的比、兴具有象征的特质，《离骚》中香草美人的比、兴就是范例。

骚体诗冲破《诗经》四言诗的固定格式，句式加长而灵活，篇章放大且严密，词采绚丽而贴切，是《诗经》之后的一次诗体大解放。

先秦时代，《诗经》与《楚辞》双峰并峙，是中国诗史上现实主义与浪漫主义的两座巍然屹立的坐标。

第二节　两汉诗歌

由于秦朝统治时间较短，加上曾经历焚书坑儒，因此并无多少宫廷创作，只有一些民间歌谣流传了下来。

汉代诗歌在先秦诗歌的基础上进一步发展，也取得了具有深远历史意义的成就。

◆ 汉乐府

汉代乐府民歌直接继承了《诗经》中民歌的现实主义传统，较全面地反映了当时的社会生活和人民的思想感情。《汉书·艺文志》说："自孝武立乐府而采歌谣，于是赵代之讴，秦楚之风，皆感于哀乐，缘事而发，亦可以观风俗，知薄厚云。"其所载录的西汉民歌篇目有 138 篇之多，而现存的两汉乐府民歌总共不过 40 首左右，但就是这些为数不多的篇章代表了汉代诗歌的最高成就。

汉代乐府民歌以叙事为主，与《诗经》民歌的以抒情为主不同。这些民歌内容多样，刻画出统治者对穷苦百姓惨重的阶级压迫与剥削，有揭露上层社会的奢淫生活，有反映长期对外战争给人民带来的灾难，也有表达人民对封建婚姻的抗议、对自由爱情的热烈向往，为后代提供了一幅幅生动具体的汉代社会现实生活图景。

汉代乐府民歌善于通过对情节的铺叙，对人物语言、行动的刻画，塑造特定环境中富有个性的典型形象。汉乐府名歌的语言更贴近现实生活，刻画人物更加鲜明，故事情节更加完整，开拓了叙事诗发展成熟的新阶段。

汉代乐府民歌是继《楚辞》之后的又一次诗体革新。明代诗评家胡应麟说："汉乐府歌谣，采摭闾净，非由润色；然质而不俚，浅而能深，近而能远，天下至文，靡以过之！"（《诗薮》卷一）汉乐府民歌形式自由、多样，句式丰富，接近口语，富有表现力，在诗体中别具一格。其创制的五言体诗，成为了中国古典诗歌的主要形式。

◆ 古诗十九首

班固的《咏史》诗，质木无文，是最早采用五言形式写出的诗。后来张衡作《同声歌》、秦嘉作《留郡赠妇诗》，在五言诗的技巧上取得了一定的进步。在班固、张衡的倡导下，东汉文人注意学习乐府民歌，五言诗创作更趋成熟。

　　《古诗十九首》可以说代表了东汉文人五言诗的最高成就。清代诗评家沈德潜曾在《说诗晬语》概括说："《古诗十九首》，不必一人之辞，一时之作。大率逐臣弃妇，朋友阔绝，游子他乡，死生新故之感。或寓言，或显言，或反复言。初无奇辟之思，惊险之句；而西京（指西汉）古诗，皆在其下，是为《国风》之遗。"这些古诗表现出的浓重的感伤情绪，从一个侧面反映出了时代的动荡不安。

　　《古诗十九首》具有高度的艺术成就，是中国文人五言诗成熟的标志。这些古诗长于抒情，善于比兴，象征衬托，所用皆妙。其融情于景、寄情于事，也达到了天衣无缝、水乳交融的境界。

　　《古诗十九首》奠定了五言诗的基础。建安时代，在三曹七子的提倡下，终于形成了"五言腾踊"的局面。自此以后，五言诗的创作便成为了诗歌的主流之一。因此人们曾评《古诗十九首》为"风（指《诗经》）之余，诗（指文人创作）之母"。梁代钟嵘曾经阐述过诗歌从四言转变到五言在艺术上的必然性："夫四言文约意广，取效风骚，便可多得。每苦文繁而意少，故世罕习焉。五言居文词之要，是众作之有滋味者也，故云'会于流俗'。岂不以指事造形，穷情写物，最为详切者耶！"（《诗品序》）

❖ 二者的异同

　　《古诗十九首》与汉乐府五言歌辞相比较，舍去音乐因素，就实体形式看，并无本质的区别。六朝以至唐宋人记载中两者的篇目多有重叠，如古诗《生年不满百》又作乐府《西门行》；词句也多有雷同，如古诗《孟冬寒气至》有云："客从远方来，遗我一书札。上言长相思，下言久别离"，而汉乐府《饮马长城窟行》则云："客从远方来，遗我双鲤鱼。……上言加餐饭，下言长相忆"。

　　可见古诗和乐府在汉世是二合一的关系，被采入乐即为乐府，未入乐或入乐后又失其调名则为古诗，故清人朱干在《乐府正义》说："《古诗十九首》，古乐府也。"

但以群体出现的《古诗十九首》，又是众多的汉代无名氏诗歌中一个具有自身特点的类型。与一般汉乐府民歌比较，在风格上有以下异同：

1. 感性方面，二者均一事一诗，情事交融。民歌较多铺叙，叙事以见情；古诗则重于抒情，以情融事。

2. 结构方面，二者均结构浑成，无斧凿之痕。民歌多以事情之自然顺序为线索；古诗则按照情感的起伏节奏驱遣剪裁事实。

3. 语言方面，二者均自然天成，富于感染力。民歌，如胡应麟所称"质而不鄙，浅而能深"；古诗则"随语成韵，随韵成趣"，明谢榛称之为"秀才说家常话"。

4. 境界方面，二者均风格浑成，境界深远。民歌"遒深劲绝"（王渔洋语），其境深厚；古诗"怊怅切情"（刘勰语），其境旷远。

第三节　魏晋南北朝诗歌

继闪耀着现实主义光辉的汉乐府民歌之后，魏晋南北朝诗歌无论在思想内容或艺术形式上，都有所发展。尤其突出的是，诗歌形式由汉诗的自由质朴逐渐变得辞藻华美、音韵调谐、格律严谨、对仗工整，为唐诗的繁荣奠定了坚实的基础。

◆ 建安风骨

建安诗歌是魏晋南北朝诗歌发展史上最为光辉夺目的一章。汉末社会动乱，诗人的思想非常活跃，促使建安诗坛大放异彩，以"三曹"（曹操、曹丕、曹植）和孔融、王粲、刘桢、陈琳、阮瑀、徐干等"建安七子"为代表。诗人们描写社会动乱的现实,抒发建功立业的抱负,形成了"慷慨任气"的时代风格。这就是为后世所称道的"建安风骨"。

这一时期,久已沉寂的四言诗在曹操笔下出现中兴现象;五言诗的创作更加繁荣,使这一诗体成为我国古典诗歌的主要形式之一;曹丕的《燕歌行》则开创了七言的新体制。

❖ 玄言诗

魏末,司马氏集团为了篡夺曹氏政权,不断地排除异己,甚至迫害反对的有识之士,使一部文人不敢明确地表达自己对现实的不满。玄学在这一时期开始兴起,文人开始崇尚老庄,高谈玄理,遗落世事。政治和哲学思想的变化,使文人在这一时期的诗风起了变化,开始创作玄言诗。像建安诗人那种迫切希望建功立业的积极进取精神,在这一时期的代表诗人阮籍、嵇康的作品中已不复存在。他们对黑暗政治满怀愤恨,但为了躲过司马氏集团的残害,所作诗往往多用比喻象征,把思想感情隐藏起来。

西晋太康年间,有三张(张载、张协、张亢)、二陆(陆机、陆云)、二潘(潘岳、潘尼)、一左(左思)为代表的一批诗人。其中陆机在当时最负盛名,但他的诗歌内容较单一,重在雕章琢句;左思则独树一帜,他的《咏史》八首借古代史实,抒写了寒门失意之士的怨愤,情调高亢、笔力矫健,被钟嵘称为"左思风力"。

❖ 山水田园诗

东晋末年,出现了杰出的诗人——陶渊明。他在中国诗史上享有崇高的地位,对唐宋之后的历代作家有深远影响。陶渊明诗可分为田园诗和咏怀诗两类。

陶渊明田园诗的数量最多,成就最高。这类诗允分表现出他鄙夷功名利禄的高远志趣和守志不阿的高尚节操；充分表现出他对黑暗官场的极端憎恶和与之彻底决裂的决心；充分表现出他对淳朴的田园生活的热爱，对劳动的认识和对劳动人民的友好感情；充分表现出他对理想世界的追求和向往。其代表作《桃花源诗并记》大约作于南朝宋初年，它描绘了一个乌托邦式的理想社会，表现了诗人对现存社会制度彻底否定与对理想世界的无限追慕之情。它标志着陶渊明的思想达到了一个崭新的高度。陶渊明是田园诗的开创者。他以平淡、朴素而又富有情趣的笔墨，多方面地描写田园风光，抒写他在农村的真切感受。

陶渊明的另一类诗是咏怀诗，这些诗歌继承阮籍和左思的传统，表现了他对社会现实的厌恶、对污浊世俗的不满。

陶诗的突出风格是平淡自然，在质朴、简约的形式中，包含丰厚的情韵。苏轼评陶诗为"质而实绮，癯而实腴"。

晋宋之际，诗风最重要的变化是山水诗的兴起和玄言诗的告退。谢灵运是我国诗史上第一个精细刻画山水景物的诗人。他的诗追求对偶工整，刻意雕琢。

与谢灵运同时代的鲍照则继承和发扬了汉乐府反映现实的优良传统，或描写边塞战争，或抒写怀才不遇的内心愤懑，或批判门阀制度的不合理，具有深广的社会内容。他擅长七言和杂言的乐府诗，节奏错综多变，感情奔放，笔力雄健，具有独特风格。

❖ "永明体"

齐永明年间，在音韵学进一步发展的基础上，著名诗人沈约、谢朓等人，根据四声和双声叠韵来研究诗句中的声、韵、调的配合，自觉地运用声律来写诗，于是"声律说"大行，形成了所谓"永明体"的新体诗。这是中国诗歌史上的一大新变。

新体诗的出现，反映出诗歌从比较自由随意的格式逐渐向格律的趋势发展。此后，许多诗人写作时讲究声律，促使近体诗一步步趋于成熟。

梁陈时代作诗的人特多，但梁简文帝提倡新体，好做艳诗，宫廷诗人庾肩吾、徐摛等人朝夕献诗，披之管弦，于是产生了所谓宫体诗。宫体诗以描写女色为主，辞藻浮华，风格柔弱。自梁至初唐，其影响相沿一百多年。

北朝文人多崇尚南朝作家，多事模仿，很少创造。由南入北的庾信是集南北文学之大成的作家。他前期出入于梁朝宫廷，多奉和、应制和流连光景之作，风格浮艳。后期被迫做了北朝的官，生活和思想发生了巨大变化，作品也表现出不同的风格，主要抒写对故国的深切怀念和屈身事敌的羞愧心情。其代表作《咏怀》诗二十七首多方面地反映了他的亡国之恨和身世之痛，内容充实，情意真挚，风格苍凉沉郁，兼有南方文学的秀美和北方文学的刚健。庾信的某些五言新体在声律上已暗合唐代的五言律诗和五言绝句，加上诗歌对仗工整，用典繁而精妙，因而对唐人的影响最为直接。

纵观魏晋南北朝诗歌发展的总趋向，慷慨豪迈、刚健爽朗的建安风骨没有被继承下来，对诗歌形式的追求却愈来愈甚。故后人对这一时期的诗歌多有所批评，如唐代陈子昂说："魏汉风骨，晋宋莫传……观齐梁间诗，彩丽竞繁，而兴寄都绝，每以永叹。"（《与东方左史虬修竹篇序》）但作为中国诗歌发展的一个重要阶段，魏晋南北朝诗是从汉代古诗发展至唐代近体诗的中间桥梁。这时期出现的著名诗人，如三曹、阮籍、左思、陶渊明、谢灵运、鲍照、庾信等人，也各有其独特成就，对中国文学的发展都曾产生过深远影响。

第四节　唐、五代诗歌

我国古典诗歌发展到唐代，进入了辉煌灿烂的全盛时期。不但名家辈出，佳作如林，数量超过了西周至南北朝历代之总和，而且在反映现实的深度和广度、题材领域的拓展、创作方法的多样化、体制的完备成熟等方面，也都达到了前所未有的境界，百花竞放，蔚为大观。

◆ 唐诗

唐初三四十年间，诗坛上依然弥漫着"以绮错婉媚为本"的梁陈宫掖之风。直到高宗、武后时，王勃、杨炯、卢照邻、骆宾王、沈佺期、宋之问、陈子昂等相继登上诗坛，风气才逐渐变化。号称"四杰"的王、杨、卢、骆，位卑而才高，把诗歌从宫廷移到了市井，从台阁移到了江山塞漠，虽在词采上尚未脱尽南朝的绮丽，但气象已经表现出不同之处。其后，刘希夷和张若虚进一步发展了七言歌行，语言清新优美，韵律宛转悠扬。陈子昂标举"风雅兴寄"、"汉魏风骨"，在诗歌理论和创作实践上表现了鲜明的革新精神。

从玄宗即位到代宗大历初年的半个世纪，为盛唐时期，诗歌的发展达到了顶峰。不论是五古、七古、乐府、歌行，还是五、七言近体诗，都呈现出奇特的光彩。社会各方面的现实生活，都在诗人的笔下以各种体制和风格得到了充分的反映。孟浩然、王维、祖咏、裴迪等人，继承了陶渊明田园诗和二谢（谢灵运、谢朓）山水诗的传统。孟诗注重总体印象和情绪的把握，风格平淡而富于韵味；王诗擅长描摹幽静空灵的景色，着笔成绘而时寓禅意。

以高适、岑参为代表的一派诗人，则较多地描写边塞征戍生活，以慷慨报国的英雄气概和不畏艰苦的乐观精神为其基本特征，也反映军中的矛盾不平和征夫思妇的幽怨。高、岑均擅长七言歌行，前者尚质主理，气骨遒劲；后者尚巧主景，奇瑰峭拔。

双峰并峙的伟大诗人李白和杜甫，是盛唐诗坛最杰出的代表。

李白的诗歌，继承并发展了前代浪漫主义创作的成就，常常借助神话、传说、梦境、幻境以及大自然的奇姿异彩，让自己的想象在辽阔无边的空间和时间中自由驰骋，诗中充满了丰富奇特、超越现实的意象，又运用新奇的构思，使它们组成一个个"思出鬼神表"的画面，借以抒发他的各种感情。同时，大胆的夸张，巧妙的比喻，更增添了这些意象的生动性、形象性。其五、七言绝句则深远醇美，体现了"清水出芙蓉，天然去雕饰"的审美理想。

有"诗史"美誉的杜甫诗歌，广阔而深刻地反映了安史之乱前后的时代风貌。"穷年忧黎元，叹息肠内热"、"济时敢爱死，寂寞壮心惊"的情怀，是其最突出的崇高理想。杜甫总结并发扬了《诗经》、汉乐府的现实主义精神，"即事名篇，无复依傍"，开拓了一条通向现实、通向人生的创作道路，又"别裁伪体"、"转益多师"，抒情、叙事兼工，古体、近体并擅，确是"尽得古今之体势而兼人人之所独专"，把现实主义诗歌推向一个新的更高、更成熟的阶段。

随着以李、杜为代表的诗人们的隐没，唐代诗歌进入了中唐时期。这一时期，大致可分为前后两个阶段，是巨星陨落后的相对沉寂时期。唐代宗大历年间在诗坛享有盛名的十位诗人合称"大历十才子"。中唐前期元结、顾况注重反映现实民生，是杜甫开创的即事名篇的新题乐府到以白居易为首的新乐府运动中间的过渡性诗人；中唐前期的刘长卿和韦应物以山水诗见称，是王维、孟浩然的余绪；卢纶、李益的边塞诗，是高适、岑参的余绪。中唐后期的两大诗派是新乐府派和韩孟诗派。中唐新乐府派，以白居易、元稹为代表。他们自觉发扬杜甫的写实精神，从生活源泉中觅取诗材，写下了大量赋咏新题材、运用新语言、标以新诗题的乐府诗，掀起了一场新乐府运动；韩孟诗派与新乐府派几乎同时出现，以韩愈、孟郊为代表。他们标榜"陈言务去"，尚古拙，求奇险，艺术上避熟就生，因难见巧，刻意求新，形成奇崛险怪的风格特色。在两大诗派之外，能够独树一帜，成就较突出的诗人有刘禹锡、柳宗元、李贺等。

从文宗大和、开成之后直至唐亡的七八十年，称为晚唐。这是唐皇朝的黄昏和没落时期，也是唐诗的晚霞余照时期。随着国势的衰微动乱，诗坛面貌也有很大变化。前二三十年间，以杜牧、李商隐最为杰出，在古体、近体方面都有成就；在艺术上也有新的发展。杜牧的七绝熔清新俊朗于一炉，咏史、感怀、抒情、写景，无所不胜。李商隐擅长于七律，深婉绵邈，自成一家。后五六十年间，诗人数量不少，但造诣均未臻一流。诗风渐趋华艳纤巧，转向超脱一类的审美追求。这一阶段，皮日休、聂夷中和杜荀鹤自觉地跟随"言论关时务，篇章见国风"的文学主张，在诗中表现出愤激的感情，犀利的笔锋，浅近的言语，成为唐诗颇有光彩的结响。

在诗歌高度发展的环境里，随着城市经济的繁盛和燕乐的流行，唐代还兴起了一种合乐歌唱的新诗体——词。现传最早的唐代民间词是在敦煌发现的曲子词，题材广泛，作者众多，"有边客游子之呻吟，忠臣义士之壮语，隐君子之怡情悦志，少年学子之热望和失望，以及佛子之赞颂，医生之歌诀"。（王重民《敦煌曲子词集叙录》），但在艺术上还比较粗糙。中唐以前，文人词的创作也比较少，到了晚唐，才涌现出了一批以填词为主要表现手段的文人词家，温庭筠是最著名的代表。

◆ **五代诗歌**

五代词有两个中心，一个是西蜀，一个是南唐。

西蜀词人奉温庭筠为鼻祖，赵崇祚所编的《花间集》，是这一派的结集，多"镂玉雕琼"、"裁花剪叶"之作，有相当浓烈的宫体气息。其中韦庄的词较注重心灵的抒发，洗去了过于浓腻的脂粉，格调清丽疏朗，具有比较真挚的感情。

南唐词风与"花间"稍异，大多情致缠绵，吐属清华，在春恨秋思、男女情事的咏叹中，往往渗透着国势飘摇的危苦心情。主要词家有冯延巳、李璟、李煜。冯延巳是唐五代词人中作词最多的一位，他逐渐摆脱了对女子体态服饰的描绘，多托儿女之词，抒家国之慨，对北宋词坛影响颇大。李煜的词以亡国被遣入宋为界，大体可分前后两期。前期词主要写宫廷生活，未脱燕钗蝉鬓，并无出奇之处；后期的作品，集中书写从肺腑中流出的、由血泪凝铸而成的深哀巨痛，语言自然率真，意境开拓深沉，有很强的艺术概括力和感染力。

第五节　宋诗、宋词

鲁迅说："我以为一切好诗，到唐已被做完。"（《鲁迅书信集》下卷）这是极言诗到唐代，已达极盛而难继的境地。清人蒋士铨也说过："宋人生唐后，开辟真难为。"（《辨诗》）然而，由于宋代的特殊历史条件以及当时的社会生活，宋代诗人自有其不同于唐代的生活源泉，宋代诗人并非只知在唐人之后亦步亦趋，不少诗人也在唐诗高度成熟的基础上作出开拓发展，显示出了自己的独特面貌。吴之振就说过："宋人之诗，变化于唐，而出其所自得，皮毛尽落，精神独存。"

宋朝的阶级矛盾和民族矛盾都十分尖锐。

朝廷内部力量虚弱，使对外战争连遭败绩，宋廷只能以巨额银绢"岁贡"，向辽与西夏求和，这一沉重负担，加上"冗官"、"冗费"的种种开支，使农民不堪重负。饥寒交迫的农民铤而走险，起义反抗，于是宋廷又以"守内虚外"的政策加以防范压制，"冗兵"的费用又一次压向了农民。统治阶级内部的改良、变法运动迭起，革新派同保守派之间的斗争长期不断，整个社会充满了深刻的危机。

面对这样的社会现实，一部分具有正义感的诗人，在他们的诗中反映了人民的疾苦，表达他们的心声。另一方面，宋代诗人在表现情感上具有各自的特色。仁宗、神宗时，党争不断，不少诗人遭受打击，被贬谪和迫害，使他们的作品带着忧郁愤慨的色彩；仕途风波、党祸和文字狱的酷烈，又使一些诗人潜心佛道，无奈的旷达与内心的悲观相杂糅，往往形成各自不同的风格。

北宋政权对外屈服、妥协，使国家一步步陷入积贫积弱的境地。靖康之难，汴京沦陷，二帝被掳，北方长期沦落女真政权之手。高宗南渡之后，不图恢复失地，只求偏安一隅。北方沦陷区人民反抗异族统治的斗争此伏彼起，南方统治阶级内部的主战派也力主抗金北伐。在这样的形势下，爱国诗人们写出的许多忧国伤时，力主抗敌外侮、系念失地的优秀诗篇，成为了南宋诗坛的主流。

◆ 宋诗

宋诗从唐诗发展而来，但其艺术特色有别于唐诗，严羽《沧浪诗话·诗辨》概括得相当准确，说宋诗"以文字为诗，以议论为诗，以才学为诗"。

"以文字为诗"就是诗的散文化。唐诗中，杜甫的诗作已经能够看出端倪，到韩愈更有发展。宋诗人尤喜将散文的章法、句法、字法引入诗中；"以议论为诗"与宋代社会现实有关，不少作品专论社会问题甚至触及具体政事，哲理诗、禅理诗很兴盛；"以才学为诗"表现为宋诗人爱好用典。

宋代诗人很多，流派也很多。以派别言，北宋最初有西昆体，后又有理学诗和江西诗派，南宋有永嘉四灵、江湖派、隐逸派等。以著名诗人言，则有王禹偁（chēng）、苏舜钦、梅尧臣、欧阳修、王安石、苏轼、黄庭坚、叶梦得、陈与义、杨万里、范成大、陆游等人。其中，王安石、苏轼的关怀国计民生之作，陆游的爱国主义之作，都有很高的审美价值；以黄庭坚为代表的江西诗派，在艺术上的影响也不小。

宋诗虽然是宋代主要的文学体裁，但后人却更多的赞赏宋代的词，宋词甚至赢得了与唐诗并称"一代之文学"的地位。

❖ 宋词

词兴于唐，繁衍于五代，大盛于两宋。北宋时，虽然民族矛盾与阶级矛盾都很尖锐，但相对来说，局势比较稳定，农业也有所发展，城市经济繁荣，市民对文艺的需求日增，歌词创作也就随之兴盛。北宋最高统治者对臣僚采取厚俸政策，对文臣的待遇尤为优厚，他们仕途得意之时，往往征歌选舞，不少歌词成为他们娱宾遣兴的工具。

由于词被视作表演的形式，因而早期北宋文人词的主要内容也很肤浅，不外是反映个人享乐生活、流连光景、感伤时序，或写都市的繁华等。但是，由于仕途坎坷，宦海沉浮，有些词人转而以词写身世之感、浮沉之叹，或写出羁旅行役的况味。当金兵南侵、汴京城破，皇帝、宗室被掳后，大量的词作反映遭受侵凌的悲愤，表达杀敌立功的愿望。但由于南宋执政者多奉苟安政策，志士请缨无路，于是词中多写北方沦陷的悲恸，对统治集团的失望和谴责。

在两宋词的发展过程中，虽然题材较丰富，但爱情与闲情实是一以贯之的大宗。古人多有文体分工的概念，在他们心目中，词属于"缘情"的领域，与"明道"的文、"言志"的诗不同。词作为"诗余"，没有讲"理性"与"道学"的任务与资格，只是真实情感的流露。封建社会中，长期以"理"压"情"，宋词正由于其长于写情，寓理于情而博得不少人的喜爱。

毛晋《宋名家词序》说："夫词至宋人而词始霸。蔓衍繁昌，至宋而词之名始大备。"这种情况，不仅与宋词反映生活面较广，在体裁上颇多创新，具有广泛的群众性有关，还由于它有突出的艺术成就。

首先，宋词不同于一般宋诗的散文化、议论化，善于将抒情与写景完美结合。在唐五代小令的基础上，宋代演化为许多中调和慢词，在曲折动宕、开阖变化之中，使情、景紧密交融，其细致、具体、微妙处，有的甚至胜于唐诗。

其次，宋词长于比兴，多以微妙而细致的比兴手法，借景物表达内心复杂隐幽的感情，每以芳草美人的传统材料来寄托政治上的感慨，感人至深。

再次，宋词形成了众多的艺术风格。宋词虽沿袭五代的传统，以抒发感情、性灵为主，以婉约为宗，但后来由于时代生活的变化，题材的扩大，艺术个性得到重视，艺术手法渐趋多样，故使宋词风格在婉约与豪放之外，兼有其他各种风格。但以婉约与豪放为主也可说明宋词风调具有或偏于"阴柔"之美、或偏于"阳刚"之美的两种基本倾向。

北宋前期文人词以晏殊、欧阳修为代表，多承晚唐五代词风，善于即景抒情，颇饶韵致。柳永失意无聊，流连坊曲，善学民间语言和音乐，对长调颇多创制，并善写市民生活和羁旅行役之情。秦观与周邦彦在结构、语言、手法、音律上进一步提高，将北宋文人词推向了艺术的高峰。苏轼以其创作首先突破"词为艳科"的藩篱，指出向上一路，开始革新词风。汴京沦陷、宋廷南渡之后，词坛随时代而剧变，出现了大批感怀故国和抗战杀敌之作，以李清照和张元干、张孝祥为代表。此后，辛弃疾继承了苏轼对词的革新精神，抚时感事，洋溢着强烈的爱国主义感情，体现出积极浪漫主义的风貌，并将苏轼以诗为词的"词诗"，发展为以文为词的"词论"，而且，还以他为核心和领袖，形成了一个重要的创作流派——豪放派，影响甚大。与时代风尚相应，稍后于辛弃疾，形成了以姜夔为代表的风雅词派，其中，姜夔的清空、骚雅，王沂孙的寄托深刻，张炎的清远蕴藉，都体现出了较高的艺术成就。

宋词虽被称为"诗余"，但创调数百，列体盈千，不仅反映广阔的生活，更是抒情文学的精品，其成就与影响重大而深远。

第六节　元、明、清诗歌

元代出现了一种崭新的文学样式——曲。元曲包括杂剧和散曲两部分。

◆ 杂剧

杂剧是以曲辞为主的一种综合艺术，最早见于唐代，当时和汉代的"百戏"差不多，泛指歌舞以外诸如杂技等各色节目。"杂"谓杂多，"百"也是形容多；"戏"和"剧"的意思相仿，但都没有今天"戏剧"的意思。到了宋代,"杂剧"逐渐成为一种新表演形式的专称。这一新形式也确实称得上"杂"的,包括歌舞、音乐、调笑、杂技。它分为三段:第一段称为"艳段",表演内容为日常生活中的熟事,作为正式部分的引子;第二段是主要部分,大概是表演故事、说唱或舞蹈;第三段叫散段,也叫杂扮、杂旺、技和,表演滑稽、调笑,或间有杂技。三段各一内容,互不连贯。

杂剧的音乐,有些直接取自宋大曲,有些则来源于民间小曲。

杂剧有三个构成部分:宾白、唱词、科介。三者交相配合,推动剧情发展,刻画人物性格。"白"有韵白、散白;还有"带云"、"背云"、"内云"等名目,各起串联唱词、交代内心活动、人物间交流的作用。唱词是杂剧中重要构成部分,在音乐上采用联套方式,由同一宫调的数支曲子组成,一折一套。至元代后期才出现南北曲联套的形式。曲的排列有一定格式,但又有多样的变化,要求每一支曲子的音乐前后必需衔接。曲文要谐律,符合曲牌规定的格律,平仄要和谐。押韵以当时北方话为准则,方式为全套通押一韵,但可四声通协,韵字亦可复用。此外,曲文中可加衬字,并可利用丰富的对仗形式:偶句对、鼎足对、连璧对、隔句对、连珠对等等,增加曲文的修辞色彩;元杂剧是一种歌舞剧,因而"科介"包括人物动作、表情、武打、歌舞以及音响效果等内容。

元代杂剧作家约有 200 人,他们的创作活动以公元 1300 年为分界线,大致可以划分为前后两期。前期的创作中心在大都,有作品流传下来的杂剧作家主要有关汉卿、白朴、王实甫、康进之、高文秀、纪君祥等约 30 人。这一时期作品数量很多,内容也很丰富,其中有的揭示民族矛盾和阶级矛盾,暴露社会的黑暗;有的对人民的反抗精神给予热情的歌颂,具有一定的现实意义。其中最杰出的是大戏剧家关汉卿。

关汉卿一生共创作了 63 个剧本，多方面地展现了广阔的社会生活。他尤其擅长描写妇女形象，同情她们在封建制度下的不幸遭遇，歌颂她们不屈斗争的反抗精神。他的作品塑造了鲜明的人物形象，富有现实意义，是我国文学史上的瑰宝。

元代杂剧最高成就的另一部佳作是王实甫的《西厢记》。这部作品以反抗封建礼教为主题，生动细腻地刻画了人物形象，具有历久不衰的艺术生命力。

元杂剧的后期创作由北南移，以杭州为创作中心。后期杂剧无论在数量上还是在质量上都不能和前期同日而语，已逐渐趋于衰微。这一时期，作品脱离人民、脱离现实的情况日益严重，失去了前期战斗的光彩，不少作家过多追求音律辞藻，在表现形式上也失去了前期质朴活泼的本色美。后期杂剧作家成就较高的有郑光祖、宫天挺、乔吉、秦简夫等人。郑光祖的《倩女离魂》显示了对自由婚姻的热烈追求，全剧充满浪漫气息，是后期杰出的作品。

随着元杂剧的南移和衰微，南戏开始在元代复兴。南戏受到杂剧艺术的深刻影响，而在体制上又比杂剧自由，因此，逐渐发展成为主要的戏剧形式。元末，高明创作的《琵琶记》是著名的南戏作品，被后人推崇为"南戏之祖"。元末明初还出现了《荆钗记》、《白兔记》、《拜月亭》、《杀狗记》等四部重要的南戏，称之为"四大传奇"。

南戏到了明代，发展成为传奇这一戏剧形式。明代中叶以后，传奇创作进入黄金时期。嘉靖、隆庆年间，传奇作品影响较大的首推梁辰鱼的《浣纱记》。《浣纱记》写范蠡、西施的故事，表达了爱国的感情，这是首先用改进后的昆腔写成的剧本，对昆腔的传播起了重要的作用。同时期重要的作品还有李开先的《宝剑记》和王世贞的《鸣凤记》，前者根据《水浒传》的内容改编，后者表现明代现实的政治斗争，都有进步的社会意义。万历年间，昆曲发展到了极盛时期，以沈璟为代表的吴江派和以汤显祖为代表的临川派是当时最重要的戏曲流派。沈璟十分重视戏曲的音律，但追求过甚，束缚了思想，作品成就并不很高，《红蕖记》、《义侠记》等传奇是他的代表作。汤显祖是明代最杰出的戏剧作家。汤显祖接受了王学左派的思想影响，在文艺上提倡抒写性灵，反对模拟古人、死守格律的创作，他所作的《牡丹亭》充分体现了这一文艺主张，成为我国戏曲史上浪漫主义的杰作。

杂剧、传奇发展至清代，虽然作者众多，但成就不高，其中值得注意的是清初的戏剧作家李玉，李玉创作的传奇《清忠谱》直接表现了明末东林党人和阉党魏忠贤的斗争，是我国戏曲史上第一部"事俱按实"的历史戏。康熙年间，洪升的《长生殿》和孔尚任的《桃花扇》问世，使清代剧坛光辉大增。《长生殿》是现实主义和浪漫主义相结合的优秀作品，它以唐明皇和杨贵妃的爱情悲剧为中心，触及了封建社会的多种矛盾，具有深刻的社会意义。《桃花扇》是一部通过爱情故事写国家兴亡的历史剧，抒发了孔尚任高度的民族意识和强烈的爱国主义精神。

❖ 散曲

散曲，元人称为"乐府"或"今乐府"。散曲之名最早见于明初朱有燉的《诚斋乐府》，不过该书所说的散曲专指小令，尚不包括套数。明代中叶以后，散曲的范围逐渐扩大，把套数也包括了进来。至20世纪初，吴梅、任讷等曲学家的一系列论著问世以后，散曲作为包容小令和套数的完整的文体概念，被确定了下来。

散曲之所以称为"散",是与元杂剧的整套剧曲相对而言的。如果作家纯以曲体抒情,与科白情节无关的话,就是"散"。

散曲在元代是韵文的主体。元散曲作家可考姓名的有 200 多人,和杂剧创作相似,元散曲的创作大略也分为前后两期。前期著名的散曲作家大都是杂剧作家,比较重要的有马致远、关汉卿、白朴、刘致、睢景臣等人,他们的作品大多通俗晓畅,具有曲的本色。其中马致远的散曲成就居全元之首,他第一个把愤世厌世之情写入散曲中。关汉卿多以深刻细腻的笔触写男女情爱和离愁别恨。白朴的作品以抒情写景的小令尤为出色。后期出现了较多专写散曲的作家,作品也由前期的俚俗质朴转向高雅华美。这一时期的代表作家是张可久和乔吉,他们的作品注重音调的和美、辞藻的雕琢。

明清散曲作家也很多,但作品缺乏新鲜的内容,没有太大的成就。

第十二章 诗歌发展历程

诗歌发展经历了《诗经》→《楚辞》→汉乐府诗→建安诗歌→魏晋南北朝民歌→唐诗→宋词→元曲→明清诗歌→现代诗的发展历程。

第一节 第一部诗歌总集——《诗经》

❖ 《诗经》的形成

公元前 6 世纪，《诗经》被编定成书，是我国第一部诗歌总集，收入自西周初年至春秋中叶五百多年的诗歌 311 篇，又称《诗三百》。

关于《诗经》的形成有三种说法：一是行人采诗说。《汉书·艺文志》载："古有采诗之官，王者所以观风俗，知得失，自考正也。"《诗经》305 篇的韵部系统、用韵规律和诗歌形式基本上是一致的，而它包括的时间长、地域广，在古代交通不便、语言互异的情况下，如果不是经过有目的的收集、整理，要产生这样一部诗歌总集是很难完成的。因而采诗说是可信的。二是孔子删诗说。《史记·孔子世家》记载："古者诗三千余篇，及至孔子去其重，取可施于礼义……三百五篇，孔子皆弦歌之。"唐代孔颖达、宋代朱熹、明代朱彝尊、清代魏源等对此说均持怀疑态度，指出《诗经》大约成书于公元前6世纪，此时孔子尚未出生；公元前544年吴公子季札至鲁国观乐，鲁乐工为他所奏的风诗次序与今本《诗经》基本相同，说明那时已有了一部《诗》，此时孔子才年仅8岁，怎么可能有此本领呢。因此近代学者一般认为删诗说不可信。但根据《论语》中孔子所说："吾自卫返鲁，然后乐正，雅、颂各得其所。"可知孔子确实曾经为《诗》正过乐，只不过至春秋后期新声兴起，古乐失传，《诗三百》便只有歌诗流传下来，成为现在所见的诗歌总集。三是献诗说。在周代的时候公卿献诗、陈诗，用来表示颂扬或讽刺；天子为"听政"和"考其俗尚之美恶"，也命诸侯百官献诗。这是有史籍考证的，因此也基本可信。例如《国语·周语》："天子听政，使公卿至于列士献诗，瞽献曲，……师箴，瞍赋，矇诵。"这主要是为了反映民情，考察政治得失，最终用来维持自己的统治，这也正是《汉书·文艺志》里说"王者所以观风俗，知得失，自考正也"。还有朱熹在《诗集传》也说过："诗"是"诸侯采之贡于天子"。

❖ 风、雅、颂

《诗经》的体例是按照音乐性质的不同来划分的，分为风、雅、颂三类。

"风"，是不同地区的地方音乐，多为民间的歌谣。"风"包括"十五国风"，分别是周南、召南、邶、鄘、卫、王、郑、齐、魏、唐、秦、陈、桧、曹、豳（bīn）等15个地区，共160篇，是《诗经》中的核心内容。其中大部分是民歌。根据十五国风的名称及诗的内容大致可推断出这些诗歌产生于现在的陕西、山西、河南、河北、山东和湖北北部等。

"雅"，朝廷之乐，是周王朝直辖地区的音乐，大部分为贵族的作品，即所谓正声雅乐。它是宫廷宴享或朝会时的乐歌，按音乐的不同，又分为"大雅"、"小雅"。其中"大雅"31篇、"小雅"74篇，共105篇。除"小雅"中有少量民歌外，大部分是贵族文人的作品。

"颂"，是宗庙祭祀的乐歌和史诗，内容多是歌颂祖先功业的。"颂"又分为"周颂"、"鲁颂"、"商颂"，其中"周颂"31篇、"鲁颂"4篇、"商颂"5篇，共40篇。全部是贵族文人的作品。

从时间上看，"周颂"和"大雅"的大部分当产生在西周初期；"大雅"的小部分和"小雅"的大部分产生在西周后期至东迁时；"国风"的大部分和"鲁颂"、"商颂"产生于春秋时期。

❖ 赋、比、兴

《诗经》是各个时代从各个地区搜集来的乐歌，主要有三种写作手法——赋、比、兴。

赋是直接铺陈、叙述；比是譬喻；兴是寄托，即先说他物以引起诗歌所要吟咏的事物。

"赋"，按朱熹《诗集传》中的说法，"赋者，敷也，敷陈其事而直言之者也"。也就是说，赋是直接铺陈、叙述。这是最基本的表现手法。如"执子之手，与子携老"，即是直接表达自己的感情。

"比"，用朱熹的解释，是"以彼物比此物"，也就是比喻、譬喻之意。《诗经》中用比喻的地方很多，手法也富于变化。如《卫风·硕人》中描绘庄姜之美，用了一连串的比："手如柔荑，肤如凝脂，领如蝤蛴，齿如瓠犀，螓首蛾眉"。以具体的动作和事物来比拟难言的情感和独具特征的事物，在《诗经》中也很常见，如"中心如醉"、"中心如噎"（《王风·黍离》），以"醉"、"噎"来比喻难以形容的忧思；《鹤鸣》用"他山之石，可以攻玉"来比喻治国要用贤人。总之，《诗经》中大量用比，表明诗人具有丰富的联想和想象，能够以具体形象的诗歌语言来表达思想感情，再现异彩纷呈的物象。

"赋"和"比"都是诗歌中最基本的表现手法，而"兴"则是《诗经》乃至中国诗歌中比较独特的手法。"兴"字的本义是"起"，因此又多称为"起兴"，对于诗歌中渲染气氛、创造意境起着重要的作用。《诗经》中的"兴"，用朱熹的解释，是"先言他物以引起所咏之辞"，也就是借助其他事物为所咏之内容作铺垫。它的运用情况比较复杂，有的只是在开头起调节韵律、唤起情绪的作用，如《小雅·鸳鸯》："鸳鸯在梁，戢其左翼，君子万年，宜其遐福。"兴句和后面两句的祝福语，并无意义上的联系，是《诗经》兴句中较简单的一种。《诗经》中更多的兴句，与下文有着委婉隐约的内在联系，或烘托渲染环境气氛，或比附象征中心题旨，构成诗歌艺术境界不可缺的部分，如《周南·桃夭》以"桃之夭夭，灼灼其华"起兴，茂盛的桃枝、艳丽的桃花，和新娘的青春美貌、婚礼的热闹喜庆互相映衬。《诗经》中的兴，很多都是这种含有喻义、引起联想的画面。

❖ 《诗经》对后世诗歌的影响

《诗经》以四言为主，兼有杂言。在结构上多采用重章叠句的形式加强抒情效果。每一章只变换几个字，却能收到回旋跌宕的艺术效果。在语言上多采用双声叠韵、叠字联绵词来状物、拟声、穷貌。"以少总多，情貌无遗"。此外，《诗经》在押韵上有的句句押韵，有的隔句押韵，有的一韵到底，有的中途转韵，已经基本具备了现代诗歌的用韵规律。

《诗经》全面地展示了中国周代时期的社会生活，真实地反映了中国奴隶社会从兴盛到衰败时期的历史面貌。有些诗用冷嘲热讽的笔调形象地揭示出奴隶主贪婪成性、不劳而获的寄生本性；有些诗展现出青年男女之间或两情相悦、或痛苦相思、或欢愉幽会的爱情生活；有些诗写出了征夫思家恋土的无奈心绪和对战争的无比哀怨……

《诗经》开创了抒情言志诗的先河，从此开始，我国诗歌走上了一条抒情言志的道路。因此，抒情诗成为了我国诗歌的主要形式。而《诗经》里关注现实的热情、强烈的政治道德意识、真挚积极的人生态度，被概括为"风雅"精神，成为我国诗歌的最基本、最深远的传统。

❖ 诗经名句及翻译

衡门之下，可以栖迟。泌之扬扬，可以乐饥。——《诗经·国风·陈风·衡门》

译：陈国城门的下方，是游玩休息的理想之地。泌丘泉水淌啊淌，清流也是可充饥肠的美食。

关关雎鸠，在河之洲，窈窕淑女，君子好逑。——《诗经·国风·周南·关雎》

译：雎鸠关关相对唱，双栖河里小岛上。纯洁美丽好姑娘，正是君子好对象。

蒹葭苍苍，白露为霜。所谓伊人，在水一方。——《诗经·国风·秦风·蒹葭》

译：河边芦苇青苍苍，秋深露水结成霜。意中人儿在何处？正在河水那一方。

桃之夭夭，灼灼其华。——《诗经·国风·周南·桃夭》

译：桃树蓓蕾缀满枝权，鲜艳明丽一树桃花。

巧笑倩兮，美目盼兮。——《诗经·国风·卫风·硕人》

译：浅笑盈盈酒窝俏，晶莹如水眼波妙。

知我者谓我心忧，不知我者谓我何求。悠悠苍天，此何人哉？——《诗经·国风·王风·黍离》

译：了解我的人，说我心中忧愁；不了解我的人，以为我有什么要求。高远的苍天啊，怎么会是这样？

昔我往矣，杨柳依依。今我来思，雨雪霏霏。——《诗经·小雅·采薇》

译：当初离家出征远方，杨柳飘扬春风荡。如今归来奔家乡，雪花纷飞漫天扬。

风雨如晦，鸡鸣不已。既见君子，云胡不喜？——《诗经·国风·郑风·风雨》

译：风雨天气阴又冷，雄鸡喔喔报五更。丈夫已经归家来，我心哪能不安宁？

青青子衿，悠悠我心。——《诗经·国风·郑风·子衿》

译：你的衣领色青青，我心惦记总不停。

有斐君子，如切如磋，如琢如磨。——《诗经·国风·卫风·淇奥》

译：美君子文采风流，似象牙经过切磋，如美玉经过琢磨。

言者无罪，闻者足戒。——《诗经·周南·关雎·序》

译：提意见的人只要是善意的，即使提得不正确，也是无罪的。听取意见的人即使没有对方所提的缺点错误，也值得引以为戒。

它山之石，可以攻玉。——《诗经·小雅·鹤鸣》

译：别的山上的石头，能够用来琢磨玉器。

投我以木桃，报之以琼瑶。匪报也，永以为好也。——《诗经·国风·卫风·木瓜》

译：送我一只大木瓜，我以美玉来报答。不仅仅是为报答，表示永远爱着她。（注：风诗中，男女定情后，男多以美玉赠女。）

靡不有初，鲜克有终。——《诗经·大雅·荡》

译：没有不能善始的，可惜很少有能善终的。

执子之手，与子偕老。——《诗经·国风·邶风·击鼓》

译：我会牵着你的手，和你一起老去。

手如柔荑，肤如凝脂。——《诗经·国风·卫风·硕人》

译：纤纤手指似芦苇的新芽，柔白皮肤似凝结的羊脂。

高岸为谷，深谷为陵。——《诗经·小雅·十月之交》

译：高峻的水崖陷为深谷，幽深的山谷变为丘陵。

月出皎兮，佼人僚兮。——《诗经·国风·陈风·月出》

译：月亮出来亮皎皎，月下美人更俊俏。

硕鼠硕鼠，无食我黍。三岁贯汝，莫我肯顾。逝将去女，适彼乐土。——《诗经·国风·魏风·硕鼠》

译：大老鼠啊大老鼠，别再吃我种的黍。多年辛苦养活你，我的生活你不顾。发誓从此离开你，到那理想新乐土。（这里把剥削阶级比作老鼠）

秩秩斯干，幽幽南山。——《小雅·鸿雁·斯干》

译：溪涧之水蜿蜒流淌，南山景致青翠幽深。

心之忧矣，如匪浣衣。静言思之，不能奋飞。——《诗经·国风·邶风·柏舟》

译：心中的幽怨抹不掉，好像没洗的脏衣裳。静下心来思考，只恨想飞无翅膀。

皎皎白驹，在彼空谷，生刍一束，其人如玉。——《诗经·小雅·白驹》

译：皎洁的白色骏马，在空寂的山谷。它咀嚼着一捆青草，那人如玉般美好。

人而无仪，不死何为。——《诗经·鄘风·相鼠》

译：为人却没有道德，不死还有什么意思。

我姑酌彼兕觥，维以不永伤。——《诗经·周南·卷耳》

译：让我姑且饮酒作乐吧，使我暂时不伤悲。

汉之广矣，不可泳思。江之永矣，不可方思。——《诗经·国风·周南·汉广》

译：汉水滔滔深又阔，水阔游泳力不接。汉水汤汤长又长，纵有木排渡不得。

江有汜，之子归，不我以。不我以，其后也悔。——《诗经·召南·江有汜》

译：江水长长有支流，新人嫁来分两头，你不要我使人愁。今日虽然不要我，将来后悔又来求。

第二节 浪漫主义诗歌——《楚辞》

❖ 《楚辞》的形成及其影响

公元前339年，伟大的诗人屈原诞生，在南方的楚地兴起一种新的诗体——楚辞。楚辞是在楚地民歌基础上发展起来的，篇中大量引用楚地的风土物产和方言词汇，具有浓厚的地方色彩。西汉末年刘向把屈原、宋玉等的作品编辑成集，名为《楚辞》。其中收录有屈原所作的《离骚》、《九歌》（11篇）、《天问》、《九章》（9篇）、

《招魂》，共23篇。

《楚辞》是我国第一部浪漫主义诗歌总集，由于诗歌的形式是在楚国民歌的基础上加工形成，篇中又大量引用楚地的风土物产和方言词汇，所以叫"楚辞"。《楚辞》主要是屈原的作品，其代表作是《离骚》，后人因此又称"楚辞"为"骚体"。《楚辞》对后世文学影响深远，不仅开启了后来的赋体，而且影响历代散文创作，是我国积极浪漫主义诗歌创作的源头。

楚辞是在楚国民歌的基础上经过加工、提炼而发展起来的，有着浓郁的地方特色。由于地理、语言环境的差异，楚国一带自古就有它独特的地方音乐，古称南风、南音；也有它独特的土风歌谣，如《说苑》中记载的《楚人歌》、《越人歌》、《沧浪歌》；更重要的是楚国历史悠久、巫风盛行，楚人以歌舞娱神，使许多神话得以保存下来，诗歌音乐迅速发展，使楚地民歌充满了原始的宗教气氛。所有这些影响使得楚辞具有楚国特有的音调、音韵，同时具有深厚的浪漫主义色彩和浓厚的巫文化色彩。可以说，楚辞的产生是和楚国地方民歌以及楚地的文化传统分不开的。

同时，楚辞又是南方楚国文化和北方中原文化相结合的产物。春秋战国以后，一向被称为荆蛮的楚国日益强大。它在问鼎中原、争霸诸侯的过程中与北方各国频繁接触，促进了南北文化的广泛交流，楚国也受到北方中原文化的深刻影响。正是这种南北文化的汇合，孕育了屈原这样伟大的诗人和《楚辞》这样异彩纷呈的伟大诗篇。《楚辞》在中国诗史上占有重要的地位，是我国古代又一部具有深远影响的诗歌总集。它的出现，打破了《诗经》以后两三个世纪的沉寂而使诗坛重新大放异彩。后人也因此将《诗经》与《楚辞》并称为风、骚。风指十五国风，代表《诗经》，充满着现实主义精神；骚指《离骚》，代表《楚辞》，充满着浪漫主义气息。风、骚成为中国古典诗歌现实主义和浪漫主义两大流派的源头。

❖ 楚辞名句

亦余心之所善兮，虽九死其犹未悔。——屈原《离骚》

民生各有所乐兮，余独好修以为常。虽体解吾犹未变兮，岂余心之可惩。——屈原《离骚》

路漫漫其修远兮，吾将上下而求索。——屈原《离骚》

长太息以掩涕兮，哀民生之多艰。——屈原《离骚》

惟草木之零落兮，恐美人之迟暮。——屈原《离骚》

身既死兮神以灵，魂魄毅兮为鬼雄。——屈原《国殇》

鸟飞反故乡兮，狐死必首丘。——屈原《哀郢》

世溷浊而不清：蝉翼为重，千钧为轻；黄钟毁弃，瓦釜雷鸣；谗人高张，贤士无名。——屈原《卜居》

夫尺有所短，寸有所长，物有所不足，智有所不明，数有所不逮，神有所不通，用君之心，行君之意。龟策诚不能知事。——屈原《卜居》

举世皆浊我独清，众人皆醉我独醒 ——屈原《渔父》

沧浪之水清兮，可以濯吾缨 沧浪之水浊兮，可以濯吾足。——屈原《渔父》

吾不能变心而从俗兮，固将愁苦而终穷。——屈原《涉江》

悲哉秋之为气也！萧瑟兮草木摇落而变衰。——宋玉《九辩》

东家之子，增之一分则太长，减之一分则太短；著粉则太白，施朱则太赤。——宋玉《登徒子好色赋》

其曲弥高，其和弥寡。 宋玉《宋玉对楚工问》

抚长剑兮玉珥，璆锵鸣兮琳琅。——屈原《九歌》

横流涕兮潺湲，隐思君兮悱恻。——屈原《湘君》

春兰兮秋菊，长无绝兮终古。——屈原《礼魂》

心郁悒余侘傺兮，又莫察余之中情。——屈原《惜诵》

世溷浊而莫余知兮，吾方高驰而不顾。——屈原《涉江》

心不怡之长久兮，忧与愁其相接。——屈原《哀郢》

哀州土之平乐兮，悲江介之遗风。——屈原《哀郢》

望北山而流涕兮，临流水而太息。——屈原《抽思》

怀瑾握瑜兮，穷不知所示。——屈原《怀沙》

众鸟皆有所登栖兮，凤独惶惶而无所集。——宋玉《九辩》

众踥蹀而日进兮，美超远而逾迈。——宋玉《九辩》

第三节　汉乐府

继《诗经》、《楚辞》之后，另一种诗体——汉代的乐府诗登上诗坛，这些诗歌由西汉的乐府机关和东汉的黄门鼓吹署在民间搜集而来。因此乐府民歌无论是长篇还是短制，都"感于哀乐，缘事而发"（班固《汉书·艺文志》）。《史记·乐书》载，汉乐府的设置不晚于汉惠帝二年（公元前193），但搜集民歌俗曲是在汉武帝时，已知到东汉末年，共搜集民歌俗曲138篇。宋人郭茂倩所编《乐府诗集》100卷，分12类（郊庙歌辞、燕射歌辞、鼓吹歌辞、横吹歌辞、相和歌辞、清商曲辞、舞曲歌辞、琴曲歌辞、杂曲歌辞、近氏曲辞、杂歌谣辞、新乐府辞）著录，是收罗汉迄五代乐府最为完备的一部诗集。《乐府诗集》现存汉乐府民歌40余篇，多为东汉时期作品，广泛而深刻地反映当时底层人民日常生活的艰难与痛苦，具有浓厚的生活气息，表现了激烈而直露的感情，形式朴素自然，句式以杂言和五言为主，语言清新活泼，长于叙事铺陈，为中国古代叙事诗奠定了基础。

❖ 艺术成就

汉乐府民歌最大、最基本的艺术特色是它的叙事性。这一特色是由它的"缘事而发"的内容所决定的。我们在《诗经》中虽然已可看到某些具有叙事成分的作品，如《国风》中的《氓》、《谷风》等，但这些还仅仅是通过作品主人公的倾诉来表达的，仍是抒情形式，缺乏完整的人物和情节，缺乏对一个中心事件的集中描绘，而在汉乐府民歌中则已出现了由第三者叙述故事的作品，出现了有一定性格的人物形象和比较完整的情节，如《陌上桑》、《东门行》、《孔雀东南飞》。诗的故事性、戏剧性，比之《诗经》中那些作品都大大地加强了。因此，在我国文学史上，汉乐府民歌标志着叙事诗的一个新的更趋成熟的发展阶段。它的高度的艺术性主要表现在以下几个方面：

1. 通过人物的语言和行动来表现人物性格。有的采用对话的形式，如《陌上桑》中罗敷和使君的对话；《东门行》中那个妻子和丈夫的对话，表现出人物机智、勇敢、善良等各自不同的性格；《上山采蘼芜》和《艳歌行》的对话也很成功。如果和《诗经》的《国风》比较，就更容易看出汉乐府民歌这一新的特色。除对话外，也有采用独白的，往往用第一人称让人物直接向读者倾诉，如《孤儿行》、《白头吟》、《上邪》等。汉乐府民歌注重人物行动和细节的刻画，如《艳歌行》用"斜柯西北眄"写那个"夫婿"的猜疑；《妇病行》用"不知泪下一何翩翩"写那个将死的病妇的母爱；《陌上桑》用"捋髭须"、"著帩头"来写老年和少年见罗敷时的不同神态；《孤儿行》则更是用一连串的生活细节如"头多虮虱"、"拔断蒺藜"、"瓜车翻覆"等来突出孤儿所受的痛苦。由于有声有色，人物形象生动，因而能令人如闻其声，如见其人。

2. 语言朴素自然，饱带感情。汉乐府民歌的语言一般都是口语化的，同时还饱含着感情，饱含着人民的爱憎，即使是叙事诗，也是叙事与抒情相结合，因而具有强烈的感染力。故应麟说："汉乐府歌谣，采摭闾净，非由润色；然而质而不俚，浅而能深，近而能远，天下至文，靡以过之！"（《诗薮》卷一）正说明了这一语言特色。汉乐府民歌一方面由于所叙之事大都是人民自己之事，诗的作者往往就是诗中的主人公；另一方面也由于作者和他所描写的人物有着共同的命运、共同的生活体验，所以叙事和抒情便自然地融合在一起，做到"浅而能深"。《孤儿行》是很好的范例：

孤儿生，孤儿遇生，命独当苦！父母在时，乘坚车，驾驷马。父母已去，兄嫂令我行贾。南到九江，东到齐与鲁。腊月来归，不敢自言苦。头多虮虱，面目多尘，大兄言"办饭"！大嫂言"视马"！上高堂，行取殿下堂，孤儿泪下如雨，使我朝行汲，暮得水来归。手如错，足下无菲。怆怆履霜，中多蒺藜。拔断蒺藜，肠肉中，怆欲悲。泪下渫渫，清涕累累。冬无复襦，夏无单衣。居生不乐，不如早去下从地下黄泉！春气动，草萌芽。三月蚕桑，六月收瓜。将是瓜车，来到还家。瓜车翻覆，助我者少，啖瓜者多。"愿还我蒂，兄与嫂严，独且急归，当兴校计。"乱曰：里中一何谄谄，愿欲寄尺书，将与地下父母：兄嫂难与久居！

宋长白《柳亭诗话》说："病妇、孤儿行二首，虽参错不齐，而情与境会，口语心计之状，活现笔端，每读一过，觉有悲风刺人毛骨。后贤遇此种题，虽竭力描摹，读之正如嚼蜡，泪亦不能为之堕，心亦不能为之哀也。"这话很实在，并没有冤枉"后贤"，但他还未能指出这是一个生活体验的问题。《孤儿行》对孤儿的痛苦没有作空洞的叫喊，而着重于具体描绘，也是值得注意的一个特点。

3. 形式自由和多样。汉乐府民歌没有固定的章法、句法，长短随意，整散不拘，由于两汉时代紧接先秦，其中虽有少数作品还沿用着《诗经》古老的四言体，如《公无渡河》、《善哉行》等，但绝大多数都是以新的体裁出现的。从那时来说，它们都可以称为新体诗。这新体主要有两种：一是杂言体。杂言，《诗经》中虽已经有了，如《式微》等篇，但为数很少，变化也不大，到汉乐府民歌才有了很大的发展，一篇之中，由一二字到八九字乃至十字的句式都有，如《孤儿行》"不如早去下从地下黄泉"便是十字成句的。另一是五言体，这是汉乐府民歌的新创。在此以前，还没有完整的五言诗，而汉乐府却创造了像《陌上桑》这样完美的长篇五言。从现存《薤露》、《蒿里》两篇来看，汉乐府民歌中当有完整的七言体。

4. 浪漫主义的色彩。汉乐府民歌多数是现实主义的精确描绘，但也有一些作品具有不同程度的浪漫主义色彩，运用了浪漫主义的表现手法。如抒情小诗《上邪》，那种如山洪暴发似的激情和高度的夸张，便是浪漫主义的表现。在汉乐府民歌中，作者不仅让死人现身说法，如《战城南》；而且也使乌鸦的魂魄向人们申诉，如《乌生》；甚至使腐臭了的鱼哭泣、写信，如《枯鱼过河泣》：

枯鱼过河泣，何时悔复及。作书与鲂鱮，相教慎出入。

所有这些丰富奇特的幻想，更显示了作品的浪漫主义的特色。陈本礼《汉诗统笺》评汉乐府民歌《铙歌十八曲》说："其造语之精，用意之奇，有出于三百、楚骚之外者。奇则异想天开，巧则神工鬼斧。"其实，并不仅仅只是《铙歌十八曲》，还有许多，值得注意的是《陌上桑》。这首诗从精神到表现手法都具有较明显的现实主义和浪漫主义相结合的因素。诗中的主人公秦罗敷，既是来自生活的现实人物，又是有蔑视权贵、反抗强暴的民主精神的理想形象。在她身上集中地体现了人民的美好愿望和高贵品质。"行者见罗敷，下担捋髭须。少年见罗敷，脱帽著帩头。耕者忘其犁，锄者忘其锄。来归相怨怒，但坐观罗敷。"诗人通过"行者"假装歇息，放担凝视、叹赏之至，忘情捋须；"少年"脱帽理巾，亟思逗引罗敷，欲赚得蛾首蛾眉，流波一转；在桑林旁的"耕"、"锄"者乃至忘了劳作等等诙谐而夸张的描写，侧面烘托、着力渲染了罗敷的美丽动人。这样的侧面描写，可谓妙笔生花。它一方面使诗歌平添了喜剧色彩、乐观情绪，使叙事的场面、气氛显得无比活跃；更重要的一方面是，这样从虚处落笔、烘云托月，借助人类爱美的天性，对美丽异性的本能向往之情，不着罗敷容貌一字，而尽得其"风流"。十分明显，如果没有疾恶如仇的现实主义和追求理想的浪漫主义这两种精神的有机结合，以及现实主义的精确描绘和浪漫主义的夸张虚构这两种艺术方法的相互渗透，是不可能塑造出罗敷这一卓越形象的。

❖ 汉乐府中的名句

上邪！我欲与君相知，长命无绝衰。山无陵，江水为竭，冬雷震震，夏雨雪，天地合，乃敢与君绝！——《上邪》

谁不怀忧？令我白头。——《古歌》

离家日趋远，衣带日趋缓。心思不能言，肠中车轮转。——《古歌》

愿得一心人，白头不相离。——《白头吟》

皑如山上雪，皎若云间月。——《白头吟》

躞蹀御沟上，沟水东西流。——《白头吟》

举手长劳劳，二情同依依。——《孔雀东南飞》

瓜田不纳履，李下不正冠。——《君子行》

大风起兮云飞扬，威加海内兮归故乡，安得猛士兮守四方。——刘邦《大风歌》

力拔山兮气盖世，时不利兮骓（zhuī）不逝。——项羽《垓下歌》

悲歌可以当泣，远望可以当归。——《悲歌行》

江南可采莲，莲叶何田田！鱼戏莲叶间。——《江南》

把剑东门去，舍中儿母牵衣啼。——《东门行》

青青河畔草，绵绵思远道。——《饮马长城窟行》

枯桑知天风，海水知天寒。——《饮马长城窟行》

结交在相知，骨肉何必亲。——《箜篌谣》

百川东到海，何日复西归？少壮不努力，老大徒伤悲。——《长歌行》

雄兔脚扑朔，雌兔眼迷离；双兔傍地走，安能辨我是雄雌？——《木兰诗》

一朝被谗言，二桃杀三士。谁能为此谋？——《梁甫吟》

行者见罗敷，下担捋髭须。少年见罗敷，脱帽著帩头。耕者忘其犁，锄者忘其锄。来归相怨怒，但坐观罗敷。使君从南来，五马立踟蹰。——《陌上桑》

秋风肃肃晨风飔，东方须臾高知之。——《有所思》

兔从狗窦入，雉从梁上飞。——《十五从军征》

织缣日一匹，织素五丈余，将缣来比素，新人不如故。——《上山采蘼芜》

他家但愿富贵，贱妾与君共哺糜。上用仓浪天故，下当用此黄口儿。——《东门行》

故衣谁当补，新衣谁当绽？——《艳歌行》

君当作磐石，妾当作蒲苇。蒲苇纫如丝，磐石无转移。——《孔雀东南飞》

万里赴戎机，关山度若飞。朔气传金柝，寒光照铁衣。——《木兰诗》

第四节 五言之冠冕——《古诗十九首》

《古诗十九首》，最早见于《文选》，为南朝梁萧统从传世无名氏《古诗》中选录十九首编入，编者把这些作者已经无法考证的五言诗汇集起来，冠以此名，列在"杂诗"类之首，后世遂作为组诗看待。

❖ 《古诗十九首》的形成

东汉末年，社会动荡，政治混乱。下层文士漂泊蹉跎，游宦无门。他们对个体生存价值的关注，使他们与自己生活的社会环境、自然环境，建立起了更为广泛且深刻的情感联系。过去与外在事功相关联的，诸如帝王、诸侯的宗庙祭祀、文治武功、畋猎游乐乃至都城宫室等，曾一度霸踞文学的题材领域，现在让位于与诗人的现实生活、精神生活息息相关的家庭、友谊、爱情乃至街衢田畴、物候节气，文学的题材、风格、技巧，也发生了巨大的变化。这十九首诗歌，基本是游子思妇之辞。具体而言，夫妇朋友间的离愁别绪、士人的彷徨失意和人生的无常之感，是《古诗十九首》基本的情感内容。

清人陈祚明《采菽堂古诗选》对此有一段非常准确的评价说："《十九首》所以为千古至文者，以能言人同有之情也。人情莫不思得志，而得志者有几？虽处富贵，慊慊犹有不足，况贫贱乎？志不可得而年命如流，谁不感慨？人情于所爱，莫不欲终身相守，然谁不有别离？以我之怀思，猜彼之见弃，亦其常也。失终身相守者，不知有愁，亦复不知其乐，咋一别离，则此愁难已。逐臣弃妻与朋友阔绝，皆同此旨。故《十九首》虽此二意，而低回反复人人读之皆若伤我心者，此诗所以为性情之物。而同有之情，人人各具，则人人本自有诗也。但人人有情而不能言，即能言而言不能尽，故特推《十九首》以为至极。"这段话指出了，《古诗十九首》所抒发的，是人生最基本最普遍的几种情感和思绪，是"人同有之情"。

《古诗十九首》深刻地再现了文人在汉末社会思想大转变时期，追求的幻灭与沉沦，心灵的觉醒与痛苦，学者所谓"逐臣弃友、思妇劳人、托境抒情、比物连类、亲疏厚薄、死生新故之感，质言之、寓言之、一唱而三叹之"（王康《古诗十九首绎后序》），良非虚言。

《古诗十九首》在揭露现实社会黑暗，抨击末世风俗的同时，也隐含了诗人对失去的道德原则的追恋。这种无可奈何的处境和心态，加深了诗人的信仰危机。例如《驱车上东门》说："人生忽如寄，寿无金石固。万岁更相送，贤圣莫能度。"个体生命面对滔滔的时间长河，既弥足珍贵，又卑微渺小。诗人力求超越旧有的价值观念，作出新的人生选择，无论是露骨宣称为摆脱贫贱而猎取功名，还是公开声言要把握短暂人生而及时行乐，都丧失了积极进取的精神。

《古诗十九首》还有一类作品更深刻地反映了游子思妇的现实生活与精神生活的巨大痛苦。汉代的养士、选士制度，驱使文人不得不背乡离井，长期漂泊在外。这些文人或在仕途作无望的追求，或在异乡逃避政治的迫害，渴求有爱情、家庭的温馨，以慰藉孤独而屈辱的心灵。《涉江采芙蓉》就写了一位漂泊异地的失意者怀念妻子的愁苦之情：

涉江采芙蓉，兰泽多芳草。采之欲遗谁？所思在远道。还顾望旧乡，长路漫浩浩。同心而离居，忧伤以终老。

❖ 《古诗十九首》的影响

《古诗十九首》在五言诗的发展上有重要地位，在中国诗史上也有相当重要的意义。它的题材内容和表现手法为后人效法，几至形成模式；它的艺术风格，也影响到后世诗歌的创作与批评。

《古诗十九首》的作者从乐府民歌汲取养料，滋养自己的创作。他们有感而发，语言朴素自然，描写生动真切，决无虚情与矫饰，更无着意的雕琢，因此具有天然浑成的艺术风格。刘勰《文心雕龙·明诗》中就这样概括《古诗十九首》的艺术特色："观其结体散文，直而不野，婉转附物，怊怅切情，实五言之冠冕也。"具体表现在以下四个方面：

1. 意味无穷。遣词用语非常浅近明白，"平平道出，且无用功字面，若秀才对朋友说家常话"（《古诗镜》），却涵咏不尽，意味无穷。

2. 质朴自然。从情感说，《古诗十九首》感情纯真诚挚，没有矫揉造作；从艺术表现来说，它的写境用语好像都是信手拈来，没有错彩镂金式的加工，而是出水芙蓉般的自然诗境。

3. 情景交融。《古诗十九首》所描写的景物、情境与情思非常切合，往往通过或白描、或比兴、或象征等手法形成情景交融，浑然圆融的艺术境界。

4. 语言精练。《古诗十九首》语言浅近自然，却又极为精炼准确。传神达意，意味隽永。

此外，《古诗十九首》还较多使用叠字，或描绘景物、或刻画形象、或叙述情境，无不生动传神，增加了诗歌的节奏美和韵律美。

◆ 《古诗十九首》中的名句

胡马依北风，越鸟巢南枝。

思君令人老，岁月忽已晚。

娥娥红粉妆，纤纤出素手。

两宫遥相望，双阙百余尺。

人生寄一世，奄忽若飙尘。

一弹再三叹，慷慨有余哀。

愿为双鸿鹄，奋翅起高飞。

同心而离居，忧伤以终老。

秋蝉鸣树间，玄鸟逝安适。

过时而不采，将随秋草萎。

馨香盈怀袖，路远莫致之。

河汉清且浅，相去复几许。

盈盈一水间，脉脉不得语。

所遇无故物，焉得不速老。

思为双飞燕，衔泥巢君屋。

人生忽如寄，寿无金石固。

去者日以疏，生者日已亲。

古墓犁为田，松柏摧为薪。

生年不满百，常怀千岁忧。

徒倚怀感伤，垂涕沾双扉。

客从远方来，遗我一书札。

文彩双鸳鸯，裁为合欢被。

出户独彷徨，愁思当告谁！

第五节　建安诗歌

东汉末年建安时代到曹魏前期，以曹操三父子为代表的创作在反映社会动乱和民生疾苦的同时，又表现了统一天下的理想和壮志，有着鲜明的时代特色，具有"慷慨悲凉"的独特风格，确立了"建安风骨"之诗歌范式，也叫"魏晋风骨"。曹操的诗古直悲凉，曹丕的诗便娟婉约，曹植的诗文采气骨兼备。

建安风骨的特征是高扬政治理想。代表诗人"三曹"（曹操、曹丕、曹植）和"七子"（孔融、陈琳、王粲、徐干、阮瑀、应玚、刘桢），他们直接继承了汉乐府民歌的现实主义传统，掀起了一个诗歌高潮。

"风骨"是中国文学批评史上的一个重要的概念。风骨一词最早应用于魏、晋、南朝的人物评论，大体上"风"偏重指精神气质，"骨"偏重于指骨格形态。风，是文章的生命力，是一种内在的、能感染人的精神力量，有了风，文章才更鲜明、生动；骨，是指文章的表现力，也就是说文章应该表现出的刚健有力。风、骨二者密不可分，合而为一，这样文章才能表现得更加有力。

"三曹"和"七子"所处的时代是一个诗歌史辉煌的时代。过去作为诗歌主体的乐府民歌，是一种社会性的集体创作。它们由某些无名作者写成，在流传过程中不断地被加以改造，很少能表现出作者的个性特征。而这一时期的作品是与作者的名字联系在一起的作品，常常和作者个人的特殊经历、情感和独特的审美爱好紧密相联。

建安时代是文学开始走向自觉的时代，也是诗人创作个性高扬的时代。他们兴起了中国文学史上第一次文人诗的高潮，从此奠定了文人诗的主导地位，给后世留下极深远的影响。傅玄上晋武帝疏说："近者魏武好法术而天下贵刑名，魏文慕通达而天下贱守节。"建安诗人多高自标置，以文才武略自负，在进行诗歌创作时，便不肯描摹前贤或效法同辈，而是另辟蹊径，努力展现自己独特的风貌。如曹操诗古直悲凉，气韵沉雄；曹丕诗便娟婉约，有文士气；曹植诗"骨气奇高，词采华茂，情兼《雅》怨，体被文质"（钟嵘《诗品》）；王粲和刘桢的诗"仲宣躁竞，故颖出而才果；公干气褊，故言壮而情骇"（刘勰《文心雕龙·体性》）。

第六节　南北朝民歌

从东晋灭亡到隋朝统一的 100 多年间，是中国历史上南北对峙的南北朝时期，南北在政治、经济、文化以及民族风尚、自然环境等方面都存在着明显的差异，因而南北朝民歌也呈现出不同的情调与风格。

南北朝时期，也像汉代一样，设有专门的乐府机关，采集诗歌，配合音乐演唱。这些乐府诗中有民间歌谣，也有贵族文人的作品；其中民歌部分更为新鲜活泼，现存 500 多首，是继汉乐府民歌之后出现的又一批人民口头创作，是我国诗歌史上又一新的发展。它们都从不同的角度继承了《诗经·国风》和汉乐府民歌的传统，在一定程度上反映了普通民众的感情和爱憎。

由于南北朝长期处于对峙的局面，在政治、经济、文化以及民族习俗等方面也存在着明显的差异，因此呈现出了不同的风格。南方自然环境优美，经济条件充裕，因而南朝民歌委婉含蓄、绮丽缠绵，多是反映人民真挚纯洁的爱情生活；而北方社会动荡不安，且深受鲜卑贵族的影响，所以北朝民歌多粗犷率直、刚健豪放，广泛地反映了北方动乱不安的社会现实和人民的生活风习。

南朝乐府民歌大部分保存在清商曲辞中。清商曲是我国古代主要的通俗乐曲，许多民歌都配合这种音乐演唱。南朝的清商曲又分为若干类，其中最重要的是"吴声歌曲"和"西曲歌"两类，民歌大多都属于这两类。"吴声歌曲"产生于江南吴地，以当时的首都建业（今南京）为中心地带。"西曲歌"产生于长江中游和汉水两岸的城市——荆（今湖北江陵县）、郢（今湖北宜昌县）、樊（今湖北襄樊市）、邓（今河南邓县）等地。这些都是当时的重镇，是商业发达的城市。因此，这些民歌所反映的多是城市生活，多是城市市民生活面貌、精神面貌的反映。

北朝乐府民歌保存于乐府横吹曲辞的横吹曲中。横吹曲是军队中应用的音乐，要求雄伟悲壮。北朝的乐府民歌，数量上远不如南朝的多，但内容却广泛地反映了社会生活的各个方面，像汉乐府一般显得丰富多彩，真实地记录了游牧民族的生活状态，从很多方面表现出北方民族的刚强爽直，充满了北方的景色和风趣。

南朝民歌的抒情长诗《西洲曲》和北朝民歌的叙事长诗《木兰诗》，分别代表着南北朝民歌的最高成就，对后世文人有深远的影响。

❖ 南北朝民歌代表作

南朝——《西洲曲》

忆梅下西洲，折梅寄江北。单衫杏子红，双鬓鸦雏色。西洲在何处？两桨桥头渡。日暮伯劳飞，风吹乌臼（一说乌柏）树。树下即门前，门中露翠钿。开门郎不至，出门采红莲。采莲南塘秋，莲花过人头。低头弄莲子，莲子青如水。置莲怀袖中，莲心彻底红。忆郎郎不至，仰首望飞鸿。鸿飞满西洲，望郎上青楼。楼高望不见，尽日栏杆头。栏杆十二曲，垂手明如玉。卷帘天自高，海水摇空绿。海水梦悠悠，君愁我亦愁。南风知我意，吹梦到西洲。

北朝——《木兰诗》

唧唧复唧唧，木兰当户织。不闻机杼声，唯闻女叹息。

问女何所思，问女何所忆。女亦无所思，女亦无所忆。昨夜见军帖，可汗大点兵。军书十二卷，卷卷有爷名。阿爷无大儿，木兰无长兄。愿为市鞍马，从此替爷征。

东市买骏马，西市买鞍鞯，南市买辔头，北市买长鞭。旦辞爷娘去，暮宿黄河边。不闻爷娘唤女声，但闻黄河流水鸣溅溅。旦辞黄河去，暮至黑山头。不闻爷娘唤女声，但闻燕山胡骑鸣啾啾。

万里赴戎机，关山度若飞。朔气传金柝，寒光照铁衣。将军百战死，壮士十年归。

归来见天子，天子坐明堂。策勋十二转，赏赐百千强。可汗问所欲，木兰不用尚书郎，愿驰千里足，送儿还故乡。

爷娘闻女来，出郭相扶将，阿姊闻妹来，当户理红妆，小弟闻姊来，磨刀霍霍向猪羊。开我东阁门，坐我西阁床；脱我战时袍，着我旧时裳，当窗理云鬓，对镜帖花黄。出门看火伴，火伴皆惊忙：同行十二年，不知木兰是女郎。

雄兔脚扑朔，雌兔眼迷离；双兔傍地走，安能辨我是雄雌？

第七节　唐　诗

唐代是我国古典诗歌发展的全盛时期。唐诗是我国优秀的文学遗产之一，也是全世界文学宝库中一颗璀璨的明珠。

唐代的诗人浩如繁星，数不胜数。唐诗也多种多样，种类繁多，创作主要可为四个阶段：初唐、盛唐、中唐、晚唐。

❖ 初唐诗歌概况

初唐（公元 618～712 年），大体上是指唐代武德至开元初之间，是唐诗的酝酿形成时期。这一时期的代表诗人是"初唐四杰"——王勃、骆宾王、卢照邻、杨炯；此外，还有沈全期、宋之问、陈子昂等。

初唐诗坛有两大创作取向：宫廷诗人诗歌的戏乐取向和初唐四杰、陈子昂等人儒家"诗言志"的创作取向。因此，可以把初唐诗人分为两类：一类是围绕在唐太宗和唐高宗、武则天身边的宫廷诗人；另一类是与宫廷关系较为疏远，或者是飘游在山野之中的诗人。

宫廷诗人诗歌的戏乐取向为内容上歌功颂德、应制唱和，形式上讲究声律对偶、雕琢辞藻。代表为"上官体"，特点主要有三：一是多写丽景艳情；二是善于缘情体物，抒写敏感细腻的心曲；三是属对精雅。宫廷诗人虽然对近体诗体式的定型作出了重要的贡献，但是，在思想内容、诗歌风格上，他们的诗歌并不能将唐诗创作引上康庄的大道。

而"四杰"的诗学主张主要表现在以下几点：第一，批评诗坛"绮错婉媚"的"上官体"诗风，提出诗歌创作应有"骨气"，走"刚健"之路。第二，继承言志缘情的诗学传统。第三，注意南北文风的取长补短，自开一代风气。第四，关注于诗文的社会作用。

陈子昂又与"四杰"不同，他的诗学主张归纳起来主要有以下几点：一是倡导"汉魏风骨"和"正始之音"来反对齐梁以来"彩丽竞繁"的诗风；二是把"汉魏风骨"与"兴寄"相联系，明确诗歌抒情言志的本质特征，既抒写社会现实内容又抒发具有时代美学深度的思想感情；三是把"风雅"与"兴寄"相联系，注重诗歌风雅美刺的教化功能；四是强调诗歌应该"骨气端翔，音情顿挫，光英朗练，有金石声"；五是主张诗歌能"洗心饰视，发挥幽郁"，具有发幽思、遣郁闷，泄导人情的功能。这五点相互联系，相辅相成，构成了较为完整的诗歌理论体系。

"沈宋"（即沈佺期、宋之问）虽为宫廷诗人，但也具有一定的成就，他们和杜审言对唐代近体诗的完成和定型作出了重要贡献：其一是把"四声"二元化和将平仄粘对规律贯穿全篇。第二，他们把齐梁"永明体"和初唐"上官体"的声韵技术和对偶技巧完善地结合起来，由词义的对偶扩大到字音和句法的对偶，既注意平仄的协调，又符合粘连对仗的规则，为唐代律诗创作提供了规范的形式。

严羽《沧浪诗话·诗体》说："风雅颂既亡，一变而为离骚，再变而为西汉五言，三变而为歌行杂体，四变而为沈、宋律诗"，充分肯定了沈、宋在诗体发展史上的贡献；王世贞《艺苑卮言》也说："五言自沈、宋始可称律。律为音律法律，天下无严于是者。知虚实平仄不得任情，而法度明矣。"

❖ 盛唐诗歌概况

盛唐（公元 712 ~ 766 年），唐代开元至大历间，是唐诗的全盛时期。这一时期的杰出诗人有王维、孟浩然、李白、杜甫、高适、岑参、王昌龄等。

唐玄宗开元、天宝年间，直至"安史之乱"爆发以前，是唐代社会高度繁盛而且极富于艺术气氛的时代。唐诗经过一百多年的准备和酝酿，至此终于达到了全盛的高峰。虽然，在唐诗的初、盛、中、晚四个阶段中，盛唐为时最短，其成就却最为辉煌。

盛唐时期的诗人主要分为山水田园派与边塞诗派两派。山水田园派以王维与孟浩然为首；边塞诗派以王昌龄为佳。

山水田园诗

山水田园诗派是陶渊明、谢灵运、谢朓的后继者，这一诗派的诗人以擅长描绘山水田园风光而著称，在艺术风格上也比较接近，通过描绘幽静的景色，借以反映其宁静的心境或隐逸的思想，因而被称为"山水田园诗派"。其中成就最高的是王维与孟浩然，并称"王孟"。

王维善画人物、丛竹、山水，是山水田园派的代表，其诗、画成就都很高，苏东坡赞他"诗中有画，画中有诗"；孟浩然的诗摆脱了初唐应制、咏物的狭窄境界，更多地抒写个人怀抱，给开元诗坛带来了新鲜气息，得到时人的倾慕。李白称颂他"高山安可仰，徒此揖清芬"，杜甫礼赞他"清诗句句尽堪传"。

边塞诗

边塞诗派以描绘边塞风光，反映戍边将士生活为主。汉魏六朝时已有一些边塞诗，至隋代数量不断增多，初唐四杰和陈子昂又进一步予以发展，到盛唐已经全面成熟。该派诗人以高适、岑参、李颀、王昌龄最为知名，其中王昌龄最佳。

王昌龄擅长七言绝句，被后世称为"七绝圣手"。他的边塞诗气势雄浑，格调高昂，充满了积极向上的精神。另外他的诗也蕴含了对下层人民的人文关怀，体现了诗人广大的视野和博大的胸怀。

除上述两大诗派外，在盛唐还有不可忽视的两大诗人——诗仙李白、诗圣杜甫。

李白

李白是盛唐最杰出的诗人，也是我国文学史上继屈原之后又一伟大的浪漫主义诗人，素有"诗仙"之称。其诗风豪放飘逸，想象丰富，语言流转自然，音律和谐多变。他善于从民歌、神话中汲取营养素材，构成其特有的瑰丽绚烂的色彩，是屈原以来积极浪漫主义诗歌的新高峰。

李白的代表作有：七言古诗《蜀道难》、《行路难》、《梦游天姥吟留别》、《将进酒》、《梁甫吟》等，五言古诗《古风》59首；有具有汉魏六朝乐府民歌风味的《长干行》、《子夜吴歌》等；七言绝句《望庐山瀑布》、《望天门山》、《早发白帝城》、《赠汪伦》等。

清代诗人赵翼评李白诗说："诗之不可及处，在乎神识超迈，飘然而来，忽然而去，不屑屑于雕章琢句，亦不劳劳于镂心刻骨，自有天马行空不可羁勒之势。"（《瓯北诗话》卷一）这段话概括出李白诗的艺术风格。李白的诗具有"笔落惊风雨，诗成泣鬼神"的艺术魅力，这也是他的诗歌最鲜明的艺术特色。他在诗中常将想象、夸张、比喻、拟人等手法综合运用，从而造成神奇异采、瑰丽动人的意境，具有独特的风格。他的诗歌，第一个特点是具有浓烈的激情，给人以豪迈奔放、飘逸若仙的韵致；第二个特点是无比丰富的想象力，构成特有的瑰丽绚烂的色彩；第三个特点是常用夸张的语言抒发心中的激情。

杜甫

杜甫被后世尊称为"诗圣"，世称老杜，与李白并称为"李杜"，是中国文学史上伟大的现实主义诗人。

杜甫生活在唐朝由盛转衰的历史时期，其诗多涉猎于社会现实、政治现状、人民生活，具有丰富的社会内容、强烈的时代色彩和鲜明的政治倾向，真实深刻地反映了安史之乱前后一个历史时代的政治时事和广阔的社会生活画面，因而被誉为"诗史"。

杜甫以儒家的仁政思想为核心思想，热爱生活、热爱人民、热爱祖国的大好河山。他疾恶如仇，对朝廷的腐败、社会生活中的黑暗现象都给予了猛烈的抨击。他的诗歌创作，始终贯穿忧国忧民这条主线，以最普通的老百姓为主角，呈现出"沉郁顿挫"的基调。

杜甫的著作有：《遣怀》、《昔游》、《卜居》、《堂成》、《蜀相》、《为农》、《有客》、《狂夫》、《舍》、《江村》、《野老》、《遣兴》、《南邻》、《恨别》、《客至》、《江亭》、《可惜》、《独酌》、《寒食》、《石镜》、《琴台》、《病柏》、《枯棕》、《不见》、《大雨》、《四松》、《归雁》、《去蜀》、《除草》、《丈人山》、《成都府》、《石笋行》、《赠花卿》、《少年行》、《大麦行》、《题桃树》、《漫城二诗》、《春夜喜雨》、《草堂即事》、《绝句二首》、《绝句四首》、《戏作花卿歌》、《望岳四首》、《酬高使君相赠》、《春日江村五首》、《春水生二绝》、《绝句六首》、《春望》、《石壕吏》、《茅屋为秋风所破歌》、《江南逢李龟年》、《天末怀李白》、《月夜忆舍弟》、《兵车行》、《闻官军收河南河北》、《登兖州城楼》、《登楼》、《月夜》、《潼关吏》、《石壕吏》、《新安吏》、《新婚别》、《垂老别》、《无家别》、《旅夜书怀》、《水槛遣心二首》、《永某氏之鼠》、《临江之麋》。

❖ 中唐诗歌概况

中唐（公元 766 ~ 835 年），唐代大历至大和之间，是盛唐诗歌的延续。这时期的著名诗人，先后有韦应物、刘长卿、卢纶、韩翃、钱起、司空曙、李端、韩愈、柳宗元等，成绩最为卓著的是白居易。

白居易

白居易主张"文章合为时而著，歌诗合为事而作"（《与元九书》），写下了不少感叹时世、反映人民疾苦的诗篇，对后世颇有影响。

白居易的主要作品有：《长恨歌》、《琵琶行》、《卖炭翁》、《赋得古原草送别》、《钱塘湖春行》、《暮江吟》、《忆江南》、《大林寺桃花》、《同李十一醉忆元九》、《直中书省》、《长相思》、《题岳阳楼》、《观刈麦》、《宫词》、《问刘十九》、《买花》、《自河南经乱关内阻饥兄弟离散各在一处因望》等。

❖ 晚唐诗歌概况

晚唐（公元836～906年），唐代大和之后到灭亡，是唐诗衰微的时代，多数诗人以模仿前人为能事，气度不足，艺术成就不高。主要诗人有杜牧、李商隐、温庭筠等。

❖ 唐诗名句

长风破浪会有时，直挂云帆济沧海。——李白《行路难》

抽刀断水水更流，举杯消愁愁更愁。——李白《宣州谢朓楼饯别校书叔云》

燕山雪花大如席，片片吹落轩辕台。——李白《北风行》

天生我材必有用，千金散尽还复来。——李白《将进酒》

君不见黄河之水天上来，奔流到海不复回；君不见高堂明镜悲白发，朝如青丝暮成雪。——李白《将进酒》

人生得意须尽欢，莫使金樽空对月。——李白《将进酒》

两岸青山相对出，孤帆一片日边来。——李白《望天门山》

孤帆远影碧空尽，唯见长江天际流。——李白《黄鹤楼送孟浩然之广陵》

飞流直下三千尺，疑是银河落九天。——李白《望庐山瀑布》

三山半落青天外，一水中分白鹭洲。——李白《登金陵凤凰台》

仰天大笑出门去，我辈岂是蓬蒿人。——李白《南陵别儿童入

京》

连峰去天不盈尺，枯松倒挂倚绝壁。——李白《蜀道难》

总为浮云能蔽日，长安不见使人愁。——李白《登金陵凤凰台》

浮云游子意，落日故人情。——李白《送友人》

山随平野尽，江入大荒流。——李白《渡荆门送别》

平林漠漠烟如织，寒山一带伤心碧。——李白《菩萨蛮》

我寄愁心与明月，随风直到夜郎西。——李白《闻王昌龄左迁龙标遥有此寄》

桃花潭水深千尺，不及汪伦送我情。——李白《赠汪伦》

白发三千丈，缘愁似个长。——李白《秋浦歌》

朱门酒肉臭，路有冻死骨。——杜甫《自京赴奉先县咏怀五百字》

感时花溅泪，恨别鸟惊心。——杜甫《春望》

烽火连三月，家书抵万金。——杜甫《春望》

正是江南好风景，落花时节又逢君。——杜甫《江南逢李龟年》

昔闻洞庭水，今上岳阳楼。吴楚东南坼，乾坤日夜浮。——杜甫《登岳阳楼》

娟娟戏蝶过闲幔，片片轻鸥下急湍。——杜甫《小寒食舟中作》

无边落木萧萧下，不尽长江滚滚来。——杜甫《登高》

五更鼓角声悲壮，三峡星河影动摇。——杜甫《阁夜》

一去紫台连朔漠，独留青冢向黄昏。——杜甫《咏怀古迹五首》

画图省识春风面，环佩空归月夜魂。——杜甫《咏怀古迹五首》

丛菊两开他日泪，孤舟一系故园心。——杜甫《秋兴八首》

星垂平野阔，月涌大江流。——杜甫《旅夜书怀》

丹青不知老将至，富贵于我如浮云。——杜甫《丹青引赠曹将

军霸》

两个黄鹂鸣翠柳，一行白鹭上青天。——杜甫《绝句四首（其三）》

迟日江山丽，春风花草香。——杜甫《绝句二首（其一）》

新松恨不高千尺，恶竹应须斩万竿。——杜甫《将赴成都草堂途中有作先寄严郑公五首（其四）》

白日放歌须纵酒，青春作伴好还乡。——杜甫《闻官军收河南河北》

尔曹身与名俱灭，不废江河万古流。——杜甫《戏为六绝句》

留连戏蝶时时舞，自在娇莺恰恰啼。——杜甫《江畔独步寻花七绝句（其六）》

安得广厦千万间，大庇天下寒士俱欢颜，风雨不动安如山。呜呼！何时眼前突兀见此屋，吾庐独破受冻死亦足！——杜甫《茅屋为秋风所破歌》

细雨鱼儿出，微风燕子斜。——杜甫《水槛贵心二首（其一）》

随风潜入夜，润物细无声。——杜甫《春夜喜雨》

自去自来梁上燕，相亲相近水中鸥。——杜甫《江村》

会当凌绝顶，一览众山小。——杜甫《望岳》

野火烧不尽，春风吹又生。——白居易《草》

回头一笑百媚生，六宫粉黛无颜色。——白居易《长恨歌》

风吹仙袂飘飘举，犹似霓裳羽衣舞。——白居易《长恨歌》

在天愿作比翼鸟，在地愿为连理枝。——白居易《长恨歌》

天长地久有时尽，此恨绵绵无绝期！——白居易《长恨歌》

千呼万唤始出来，犹抱琵琶半遮面。——白居易《琵琶行》

转轴拨弦三两声，未成曲调先有情。——白居易《琵琶行》

别有幽愁暗恨生，此时无声胜有声。——白居易《琵琶行》

同是天涯沦落人，相逢何必曾相识。——白居易《琵琶行》

夕阳无限好，只是近黄昏。——李商隐《登乐游原》

此情可待成追忆，只是当时已惘然。——李商隐《锦瑟》

身无彩凤双飞翼，心有灵犀一点通。——李商隐《无题》

相见时难别亦难，东风无力百花残。——李商隐《无题》

春蚕到死丝方尽，蜡炬成灰泪始干。——李商隐《无题》

何当共剪西窗烛，却话巴山夜雨时。——李商隐《夜雨寄北》

宣室求贤访逐臣，贾生才调更无伦。——李商隐《贾生》

可怜夜半虚前席，不问苍生问鬼神。——李商隐《贾生》

渡头余落日，墟里上孤烟。——王维《辋川闲居赠裴秀才迪》

空山新雨后，天气晚来秋。——王维《山居秋暝》

明月松间照，清泉石上流。——王维《山居秋暝》

江流天地外，山色有无中。——王维《汉江临眺》

行到水穷处，坐看云起时。——王维《终南别业》

红豆生南国，春来发几枝。——王维《相思》

愿君多采撷，此物最相思。——王维《相思》

漠漠水田飞白鹭，阴阴夏木啭黄鹂。——王维《积雨辋川庄作》

独在异乡为异客，每逢佳节倍思亲。——王维《九月九日忆山东兄弟》

劝君更尽一杯酒，西出阳关无故人。——王维《渭城曲》

气蒸云梦泽，波撼岳阳城。——孟浩然《临洞庭上张丞相》

野旷天低树，江清月近人。——孟浩然《宿建德江》

春眠不觉晓，处处闻啼鸟。——孟浩然《春晓》

夜来风雨声，花落知多少。——孟浩然《春晓》

白日依山尽，黄河入海流。——王之涣《登鹳雀楼》

欲穷千里目，更上一层楼。——王之涣《登鹳雀楼》

黄河远上白云间，一片孤城万仞山。——王之涣《凉州词》

羌笛何须怨杨柳，春风不度玉门关。——王之涣《凉州词》

落叶满空山，何处寻行迹。——韦应物《寄全椒山中道士》

春潮带雨晚来急，野渡无人舟自横。——韦应物《滁州西涧》

慈母手中线，游子身上衣。——孟郊《游子吟》

临行密密缝，意恐迟迟归。——孟郊《游子吟》

谁言寸草心，报得三春晖。——孟郊《游子吟》

前不见古人，后不见来者。——陈子昂《登幽州台歌》

念天地之悠悠，独怆然而涕下。——陈子昂《登幽州台歌》

一声何满子，双泪落君前。——张祜《何满子》

松下问童子，言师采药去。——贾岛《寻隐者不遇》

只在此山中，云深不知处。——贾岛《寻隐者不遇》

少小离家老大回，乡音无改鬓毛衰。——贺知章《回乡偶书》

洛阳亲友如相问，一片冰心在玉壶。——王昌龄《芙蓉楼送辛渐》

秦时明月汉时关，万里长征人未还。——王昌龄《出塞》

黄沙百战穿金甲，不破楼兰终不还！——王昌龄《从军行》

葡萄美酒夜光杯，欲饮琵琶马上催。——王翰《凉州曲》

月落乌啼霜满天，江枫渔火对愁眠。——张继《枫桥夜泊》

姑苏城外寒山寺，夜半钟声到客船。——张继《枫桥夜泊》

春城无处不飞花，寒食东风御柳斜。——韩翃《寒食》

旧时王谢堂前燕，飞入寻常百姓家。——刘禹锡《乌衣巷》

东边日出西边雨，道是无晴却有晴。——刘禹锡《竹枝词》

多情只有春庭月，犹为离人照落花。——张泌《寄人》

无人信高洁，谁为表予心？——骆宾王《在狱咏蝉》

凉月如眉挂柳湾，越中山色镜中看。——戴叔伦《兰溪棹歌》

劝君莫惜金缕衣，劝君惜取少年时。——杜秋娘《金缕衣》

花开堪折直须折，莫待无花空折枝。——杜秋娘《金缕衣》

第八节 宋 词

词，诗歌的一种。因是合乐的歌词，故又称曲子词、乐府、乐章、长短句、诗余、琴趣等。始于唐，定型于五代，盛于宋。

词最早起源于民间，后来，文人依照乐谱声律节拍而写新词，叫做"填词"或"依声"。从此，词与音乐分离，形成一种句子长短不齐的格律诗。

词有词牌，即曲调。有的词调又因字数或句式的不同有不同的"体"。比较常用的词牌约 100 个，如《菩萨蛮》、《西江月》、《如梦令》、《蝶恋花》等等。词的结构分片或阕，不分片的为单调，分二片的为双调，分三片的称三叠。按音乐又有令、引、近、慢之别。依其字数的多少，又有"小令"、"中调"、"长调"之分。据清代毛先舒《填词名解》之说，58 字以内为小令，59～90 字为中调，90 字以上为长调。

宋词的发展共分为三个阶段。第一个阶段，在初期沿袭了五代时期的绚丽灿烂的文采之风，只求对华丽辞藻和对细腻情感的描写，在思想内涵上层次较低。代表词人有晏殊、张先、晏几道、欧阳修等；第二个阶段，词在不断充实和提高，柳永、苏轼在形式与内容上所进行的新的开拓以及秦观、赵令畤、贺铸等人在艺术上的创造，促进宋词出现多种风格竞相发展的繁荣局面;第三个阶段,周邦彦的词是艺术创作上的集大成,体现了宋词的深化与成熟。

宋词是中国古代文学的瑰宝,在古代文学的阆苑里,是一座芬芳绚丽的园圃。它以姹紫嫣红、千姿百态的风情,与唐代诗歌并列双绝,代表着一代文学之盛。

第九节　元曲、明清诗歌

❖ 元曲

元曲原本来自所谓的"蕃曲"、"胡乐",首先在民间流传,被称为"街市小令"或"村坊小调"。

元曲的兴起对于我国民族诗歌的发展、文化的繁荣有着深远的影响和卓越的贡献,元曲一出现就同其他艺术之花一样,立即显示出旺盛的生命力。它不仅是文人咏志抒怀得心应手的工具,而且为反映元代社会生活提供了人民群众喜闻乐见的崭新的艺术形式。

元曲的组成,包括两类文体:一是包括小令、带过曲和套数的散曲;二是由套数组成的曲文,间杂以宾白和科范,专为舞台上演出的杂剧。"散曲"是和"剧曲"相对存在的。剧曲是用于表演的剧本,写各种角色的唱词、道白、动作等;散曲则只是用作清唱的歌词。散曲从体式分两类:"小令"和"散套"。小令又叫叶儿,体制短小,通常只是一支独立的曲子(少数包含二三支曲子)。散套则由多支曲子组成,而且要求始终用一个韵。散曲的曲牌也有各式各样的名称,如《叨叨令》、《刮地风》、《喜春来》、《山坡羊》、《红绣鞋》等等。

元曲的发展,可以分为三个时期。

初期：元朝立国到灭南宋。这一时期元曲刚从民间的通俗俚语进入诗坛，有鲜明的通俗口语化的特点和豪放爽朗、质朴自然的情致。作者多为北方人，其中关汉卿、马致远、王实甫、王小军、白朴等人的成就最高。

中期：从元世祖至元年间到元顺帝后至元年间。这一时期的元曲创作开始向文化人、专业化全面过渡，散曲成为诗坛的主要体裁。重要作家有郑光祖、乔吉、张可久等。

末期：元成宗至正年间到元末。此时的散曲作家以弄曲为专业，他们讲究格律辞藻，在艺术上刻意求工，崇尚婉约细腻、典雅秀丽的曲风，代表作家有张养浩、徐再思等。

元曲是中华民族灿烂文化宝库中的一朵奇葩，在思想内容和艺术成就上都独有特色，和唐诗宋词鼎足并举，成为了我国文学史上一座重要的里程碑。

◆ 明清诗歌

明清诗歌最主要的特点是作品丰富、流派众多，但影响甚小；清代是词的中兴期，出现了陈维崧、纳兰性德等著名的词人以及多个影响巨大的词派。

第十节　现代诗歌

中国近现代诗歌诞生于"五四"新文化运动。它适应时代的要求，以接近群众的白话语言反映现实生活，表现科学民主的革命内容，打破旧体诗格律形式的束缚。"现代诗"这一称谓，在1953年创立"现代诗社"时确立。

❖ 特点

现代诗歌的主要特点是，第一，形式自由；第二，内涵丰富；第三，意象经营重于修辞；第四，具有高度的概括性、鲜明的形象性、浓烈的抒情性以及和谐的音乐性。

❖ 现代诗的分类

根据不同的原则和标准可以将现代诗划分为不同的种类。基本的有以下几种：

第一种，按照作品内容的表达方式划分为叙事诗和抒情诗。

叙事诗

叙事诗，诗中有比较完整的故事情节和人物形象，通常以诗人满怀激情的歌唱方式来表现。史诗、故事诗、诗体小说等都属于这一类。例如《王贵和李香香》。

抒情诗

抒情诗，主要通过直接抒发诗人的思想感情来反映社会生活，不要求描述完整的故事情节和人物形象。如情歌、颂歌、哀歌、挽歌、牧歌和讽刺诗。

当然，叙事和抒情也不是决然分开的。在很多时候，叙事诗也有一定的抒情性，抒情诗也有对某些生活片断的叙述。

第二种，按照作品语言的音韵格律和结构形式分类，分为格律诗、自由诗和散文诗。

格律诗

格律诗，是按照一定格式和规则写成的诗歌。它对诗的行数、诗句的字数（或音节）、声调音韵、词语对仗、句式排列等都有严格规定。

自由诗

自由诗，是近代欧美新发展起来的一种诗体。它不受格律限制，无固定格式，注重自然的、内在的节奏，字数、行数、句式、音调都比较自由，语言比较通俗。

散文诗

散文诗，兼有散文和诗的特点，拥有诗的意境和激情，常常富有哲理，注重自然的节奏感和音乐美，篇幅短小，像散文一样不分行，不押韵。如鲁迅的《野草》。

❖ 现代诗的重要流派

中国现代诗歌自 1917 年 2 月《新青年》刊出胡适《白话诗八首》起至今走过了近百年的历程，期间产生了一大批卓有成就的优秀诗人，这些诗人或由于所处时代不同、诗学主张不同、美学趣味不同，或由于生活与地理的某种特殊机缘，相互吸引、风云集会，在中国现代诗歌史上形成了众多的诗歌流派，比如以胡适、刘半农、沈尹默、俞平伯为代表的尝试派；以鲁迅、冰心、朱自清、周作人、王统照为代表的为人生派；以闻一多、徐志摩、朱湘为代表的新月派；以应修人、汪静之、潘漠华、冯雪峰为代表的湖畔诗派；以北岛、舒婷、顾城、江河为代表的朦胧派；以辛笛、穆旦、郑敏、杜运燮、陈敬容为代表的九叶诗派等等。

新月派

现代新诗史上一个重要的诗歌流派，以 1927 年为界大体分为前后两个时期。前期以北京的《晨报副刊·诗镌》为阵地，主要成员有闻一多、徐志摩、朱湘、饶孟侃、孙大雨、刘梦苇等。他们不满"五四"以后"自由诗人"忽视诗艺的作风，提倡新格律诗，主张

"理性节制情感"，反对滥情主义和诗的散文化倾向，从理论到实践上对新诗的格律化进行了认真的探索。闻一多在《诗的格律》中提出了著名的"三美"主张，即"音乐美"、"绘画美"、"建筑美"。因此新月派又被称为"新格律诗派"。1927年春，胡适、徐志摩、闻一多、梁实秋等人创办新月书店，次年又创办《新月》月刊，"新月派"的主要活动转移到了上海，这就是后期新月派。它以《新月》月刊和1930年创刊的《诗刊》季刊为主要阵地，新加入成员陈梦家、方玮德、卞之琳等。后期新月派提出了"健康"、"尊严"等原则，坚持超功利的、自我表现的、贵族化的"纯诗"的立场，讲求"本质的醇正、技巧的周密和格律的谨严"。

朦胧派

朦胧派是上世纪70年代末80年代初出现的诗派，其代表人物有北岛、舒婷、顾城、江河、杨炼等。作为一个创作群体，"朦胧诗"没有统一的组织形式，也未曾发表宣言，然而却以各自独立又呈现出共性的艺术主张和创作实绩，构成一个"崛起的诗群"。

"朦胧诗"具有三个层面的精神内涵，分别是：第一，揭露黑暗和社会批判；二是在黑暗中寻找光明、反思与探求意识以及浓厚的英雄主义色彩；第三是在人道主义基础上建立起来的对"人"的特别关注。

"朦胧诗"改写了以往诗歌单纯描摹"现实"与图解政策的传统模式，把诗歌作为探求人生的重要方式，在哲学意义上达到了前所未有的高度。从某种意义上讲，"朦胧诗"的崛起，也是中国文学生命之树的崛起。

九叶派

1948年在诗坛上最重要事件就是"九叶派"的正式亮相。曹辛之、辛笛、陈敬容等人创办了《中国新诗》月刊，并与穆旦、杜运燮、郑敏、袁可嘉等人取得联系，形成了一个新的诗歌派流派——中国新诗派，后因 1981 年江苏人民出版社出版的《九叶派》称为"九叶诗派"。

"九叶派"诗人大都是校园诗人出身，从战乱中感知人民的希求，重视诗人对社会、历史现象的独特体验；他们深受西方现代主义诗歌的陶冶，力求突破传统的主观抒情方式，追求现实性、象征性与哲理性的结合，探索诗歌表达的"戏剧性"（主要指诗歌的情思展开以及语言表现都要有矛盾张力，而不是直抒胸臆），让诗歌更深入地表现现代人的思维方式和内心的复杂性。

第十三章 诗歌的写作手法

第一节　诗歌的表现手法

诗歌的表现手法很多，我国最早流行至今仍常使用的表现手法有赋、比、兴。《毛诗序》说："故诗有六义焉：一曰风，二曰赋，三曰比，四曰兴，五曰雅，六曰颂。"这"六义"中的风、雅、颂是指《诗经》的诗篇种类，而赋、比、兴就是诗的表现手法。

❖ 赋

赋，是直接陈述事物的表现手法。按宋代学者朱熹《诗集传》中的说法，"赋者，敷也，敷陈其事而直言之者也"。如《诗经》中的《葛覃》、《芣苢》等就用了这种手法。

❖ 比

比，是用比喻的方法描绘事物，表达思想感情。刘勰在《文心雕龙·比兴》中说："且何谓为比也？盖写物以附意，扬言以切事者也。"朱熹的解释，是"比者，以彼物比此物"。如《诗经》中的《螽斯》、《硕鼠》等篇即用此法写成。

❖ 兴

兴，即托物起兴，借某一事物的开头来引起正题要描述的事物和表现思想感情的写法。唐代孔颖达在《毛诗正义》中说："兴者，起也。取譬引类，起发己心，诗文诸举草木鸟兽以见意者，皆兴辞也。"朱熹更明确地指出："兴者，先言他物以引起所咏之辞也。"如《诗经》中的《关雎》、《桃夭》等篇就用了"兴"的表现手法。

这三种表现手法，一直流传下来，常常融合运用，互相补充，对历代诗歌创作都有很大的影响。

第二节　诗歌的修辞手法

❖ 比喻

比喻，就是"打比方"，也叫譬喻，是根据事物之间的相似点，把某一事物比作另一事物，使抽象的事物变得具体，深奥的道理变得浅显。

比喻由三部分构成，即本体、喻体、比喻词。

比喻可以将深奥、难懂、生疏的事物用具体、浅显、常见的事物表达出来，使形象生动具体，给人以鲜明深刻的印象，帮助人深入理解诗人所要表达的情感。

比喻有三种类型：明喻、暗喻和借喻。

明喻就是本体、喻体和比喻词都出现的比喻。比喻词常常为像、似的、好像、如、宛如、好比、犹如。

暗喻，又叫隐喻，是本体和喻体同时出现，它们之间在形式上是相合的关系，形式为甲（本体）是（喻词）乙（喻体）。比喻词常常为是、就是、成了、成为、变成等。

借喻，直接借比喻的事物来代替被比喻的事物，被比喻的事物和比喻词都不出现。例如《诗经》里的《鼫鼠》，借硕鼠来比剥削无厌的统治者。

❖ 比拟

比拟就是借助丰富的想象，把物当成人来写，或把人当成物来写，或把甲物当成乙物来写。它能启发读者想象，令诗歌更生动。

比拟可以分为拟人和拟物两种。

拟人，就是把物当做人写，赋予物以人的思想、感情、活动，用描写人的词来描写物。它能把禽兽、鸟、虫、花草树木或其他无生命的事物当成人写，使具体事物人格化，语言生动形象。例如杜甫的《春望》："感时花溅泪，恨别鸟惊心"。

拟物就是把人比作物，或把此物当作彼物来写。

❖ 夸张

夸张，就是对事物的性质、特征等故意地夸大或缩小。它能够提示事物本质，烘托气氛，加强渲染力，引起联想效果。

夸张又分为三种，一种夸大夸张，一种缩小夸张，还有一种超前夸张。

扩大夸张，是指对事物形状、性质、特征、作用、程度等加以夸大的描写。

缩小夸张，是指对事物形象、性质、特征、作用、程度等加以缩小的描写。

超前夸张，是指把后出现的说成先出现，把先出现的说成后出现。

❖ 排比

排比，就是把三个或三个以上结构和长度均类似，语气较一致，意义相关或相同的句子排列起来。它能加强语势，烘托语言氛围，加强诗歌的节奏感，使条理性更好，更利于表达强烈的感情。《诗经》中有许多这样的例子，比如《硕鼠》、《蒹葭》等。

❖ 对偶

对偶的诗句字数相等，结构形式相同，意义对称，表达两个相对或相近的意思。诗句排列整齐，节奏感强，易于记忆，具有音乐美。

对偶的主要形式分为正对、反对、串对三种。

正对，是指上下两句意思相似、相近、相补或相衬的对偶形式。

反对，是指上下两句意思相反或相对的对偶形式。

串对，又叫"流水对"，是指上下两句在意思上具有承接、递进、因果、假设、条件等关系的对偶形式。

❖ 反复

反复是为了强调某个意思，表达某种感情，有意地重复某个词语句子。

反复分为连续反复和间隔反复两种。

连续反复是中间无其他词语间隔的反复。

间隔反复是中间有其他的词语将其断开的反复。

❖ 设问

设问是指为了引起别人注意，故意先提出问题，然后自己回答。它能启发读者思考，使层次分明，结构紧凑。例如李煜的"问君能有几多愁，恰似一江春水向东流"。

❖ 反问

反问，又叫反诘、诘问，它是用疑问的形式表达确定的意思，答案暗含在反问句中，用肯定形式反问表否定，用否定形式反问表肯定。它能加强语气，发人深思，激发读者感情，加深读者印象，增强气势和说服力。

❖ 借代

借代是指不直接说出所要表达的人或事物，而是借用与它有密切相关的人或事物来代替。它能更好地突出事物的本质特征，增强语言的形象性，使文笔简洁精炼，语言富于变化和幽默感，引人联想，使表达收到形象突出、特点鲜明、具体生动的效果。

借代一般具有四种情况：一是特征代事物，二是具体代抽象，三是部分代整体，四是整体代部分。

部分代整体，即用事物具有代表性的部分代本体事物。如李白的《望天门山》："两岸青山相对出，孤帆一片日边来"。

特征代本体，即用借体（人或事物）的特征、标志去代替本体事物的名称。

❖ 反语

反语是指用与本意相反的词语或句子表达本意，以说反话的方式加强表达效果。有的讽刺揭露，有的表示亲密友好的感情。

❖ 对比

对比是把两种不同事物或者同一事物的两个方面，放在一起相互比较。运用对比的两种事物或同一事物的两个方面，应该有互相对立的关系。例如臧克家《有的人》："有的人活着，他已经死了；有的人死了，他还活着"。

❖ 通感

所谓通感，是指利用诸种感觉相互交通的心理现象，以一种感觉来描述表现另一种感觉的修辞方式。它能化抽象为形象，让读者更好地理解；它能由此及彼，勾起人们丰富的联想；它能充实诗文的意境，构成特殊的艺术美。例如杜甫《夔州雨湿不得上岸作》："晨钟云外湿"，以"湿"字形容钟声，所闻之钟声，穿雨而来，穿云而去，故"湿"是触觉与听觉的相互沟通；又如《吕氏春秋·本味》中"善哉乎鼓琴，巍巍乎若高山，汤汤乎若流水"，听琴声而知志在高山、流水，是听觉与视觉相互沟通。

◆ 双关

双关是指利用词的多义及同音（或音近）条件，有意使语句具有双重意义，言在此而意在彼。它可使语言表达得含蓄、幽默，能加深语意，给人深刻的印象。

◆ 顶真

顶真也做顶针，用前文的末尾作下文的开头，首尾相连两次以上，使邻近间的语句往下接，首尾蝉联，用符号表示就是"ABC，CDE，EFG……"。它不但能使句子结构整齐，语气贯通，而且能突出事物之间环环相扣的有机联系。

例如：

梦想是翅，飞翔永恒蓝天；

梦想是天，遮住茫茫大海；

梦想是海，还是小船悠悠；

梦想是船，海上乘风破浪。

爱心是风，卷来浓密的云；

爱心是云，化作及时的雨；

爱心是雨，滋润久旱的树；

爱心是树，为你撑起绿阴。

❖ 互文

互文，也叫互辞，是古诗文中常采用的一种修辞方法，把属于一个句子（或短语）的意思，分写到两个句子（或短语）里，解释时要把上下句的意思互相联系在一起。

古语对它的解释就是："参互成文，含而见文。"具体地说，它是这样一种形式：上下两句或一句话中的两个部分，看似各说一件事，实则是互相呼应，互相阐发，互相补充的。

例如：王昌龄《出塞》"秦时明月汉时关"；杜牧《泊秦淮》"烟笼寒水月笼沙"；《木兰辞》中"将军百战死，壮士十年归"；杜甫《琵琶行》的"主人下马客上船，举酒欲饮无管弦"；范仲淹《岳阳楼记》中的"不以物喜，不以己悲"，都是需要相关联地看才能明白真正含义的诗句。

❖ 移情

为了突出某种强烈的感情，诗人有意识地赋予客观事物一些与自己的感情相一致、但实际上并不相关的特性，这样的修辞手法叫做移情。

运用移情修辞手法，首先将主观的感情移到客观事物上，然后反过来又用被感染了的事物衬托主观情绪，使物与人一体，能更好地表达诗人的强烈感情。

例如杜甫《月夜忆舍弟》"露从今夜白，月是故乡明"；杜甫《春望》"感时花溅泪，恨别鸟惊心"；白居易《长恨歌》"行宫见月伤心色，夜雨闻铃断肠声"；苏轼《水调歌头》"转朱阁，低绮户，照无眠，不应有恨，何事长向别时圆"；牛希济《生查子》"红豆不堪看，满眼相思泪"。